겐다

차례

깬다
7

작가의 말
270

0

"빨리 목부터 고정시켜. 뭐 해?"
"아, 어떡하냐. 아, 이거……."
"얼른 구급차로 옮겨요!"
"지금 그러고 있잖아요!"
"어떻게 하죠?"
"어서 장내부터 진정시켜."
"다음 경기는 취소시킬까요?"
"지금 그게 문제야?!"

분주하게 움직이는 사람들. 여기저기서 들리는 웅성거림.
모든 게 현실이 아닌 것만 같다.
곧 내 머릿속도 하얗게, 그대로 멈춰 버렸다.

1

 난 인간이 싫다.
 어떤 방식으로든 인간과는 엮이고 싶지 않다. 내가 할 것만 하며 혼자 조용히 살고 싶다. 하지만 그게 불가능하다는 것도 잘 안다. 바보는 아니니까. 그렇다고 무인도에서 혼자 살고 싶다거나 아무도 없는 산속에 처박히고 싶은 것도 아니다. 그런 생활은 인간이 없다는 장점을 빼면 단점투성이일 테니.
 "하준아, 일어나. 학교 가야지."
 진작 일어나 있었다. 마주치기 싫어서 방에 있었을 뿐. 설령 자고 있었다 해도 저 소리를 듣진 못했을 거다. 문 앞에서 속삭이는 소리에 잠든 사람이 일어날 리가 없지 않나.
 몸을 일으켜 거실로 나갔다. 주방에서 소리가 나지 않도록 조심스럽게 아침 준비를 하는 엄마가 보인다.

"얼른 씻고 와서 밥 먹어."

엄마는 여전히 들릴 듯 말 듯한 목소리로 말했다.

"일어났어?"

안방에서 수건으로 머리를 털며 아빠가 물었다. 적당히 고개를 까딱이곤 욕실에 들어가 세수를 시작했다. 집안에 흐르는 불편한 공기. 모두가 한 사람의 눈치를 보느라 언제나 숨 죽여 생활하는 모습.

간단히 씻고 나와 옷을 갈아입었다.

"밥 먹어."

엄마는 어느새 내 방문 앞까지 와 속삭이곤 주방으로 돌아갔다. 책상 옆에 뒀던 가방을 메고 현관으로 향했다. 자연스레 작은 방의 닫힌 문이 보인다. 온 집안의 분위기를 바꾸고, 모두가 눈치 보게 만든 장본인이 잠들어 있는 방.

그 방문을 잠시 노려보다 현관문을 열었다.

"하준아, 밥 먹고 가야지."

"속이 안 좋아."

"그래도 뭐라도 먹고······."

그대로 문을 닫고 나왔다. 오늘은 아침에 체육관을 가지 않는 날이지만, 답답한 집에 있는 것보단 조용한 교실에 혼자 있는 편이 훨씬 좋다.

엘리베이터를 타고 내려와 아파트를 나선다. 어느새 바깥 공기가 많이 따뜻해져 있다. 얼마 전까지만 해도 몸을 움츠러들게 만들더니, 이제 봄이 오긴 했나 보다.

아파트 출입구에 쪼그려 앉아 신발 끈을 꽉 조인 후 학교를 향해 천천히 달리기 시작했다. 학교까지는 그리 멀지 않다. 버스를 타고 인간들 사이에 낀 채 불쾌함을 참아 가며 등교하는 것보단 달려가는 편이 훨씬 좋다. 여름이 되면 또 달라지겠지만.

어느 정도 달리니 몸이 뜨거워지고 이마에 땀이 맺히는 게 느껴졌다. 길을 건너기 위해 횡단보도 앞에 멈춰 신호가 바뀌길 기다리며 크게 심호흡을 했다. 인적이 거의 없는 조용한 도로를 보다가 다시 달리기 시작했다.

숨이 점점 가빠오고, 적당히 기분 좋은 피로가 느껴지려 할 때쯤 교문이 보였다. 아직은 이른 시간이라 그런지 주변에 아무도 보이지 않았다.

교문을 넘으며 속도를 늦췄다. 천천히 숨을 고르며 건물 안으로 들어서자 조용한 학교의 분위기가 마음을 편하게 만들었다. 곧 인간들이 우글우글 모인 건물이 될 테지만, 적어도 지금만큼은 최고의 장소다.

교실로 들어서서 자리에 앉아 학원에서 받은 작년 모의고사 기출문제를 태블릿에 띄웠다. 이제 막 고등학교에 입학했지만 지금부터 열심히 해야 한다. 공부에 흥미가 있지도 않고, 즐겁지도 않지만, 답답한 집을 떠나 혼자 살기 위해선 괜찮은 대학에 들어가야 하기 때문이다. 자취를 하려면 그만한 명분이 필요하니까.

수학 문제를 풀고 있으니 아이들이 하나둘씩 들어와 조용하던 교실이 어느새 시끌시끌해졌다. 개학한 지 얼마 되지 않았는데 벌써 자기네들끼리 꽤 많이 친해졌나 보다.

"야."

누가 무슨 이야기를 떠들건 나랑은 상관없는 일이다. 애들과 친해지고 싶은 마음은 조금도 없다. 물론 적을 만들 생각도 없다. 조용히 살 거다. 있는 듯, 없는 듯.

"야!"

오늘 하기로 마음먹은 분량을 끝내고 시계를 확인했다. 1교시 수업 시작까지는 아직 시간이 조금 남았다.

"부르잖아, 새끼야."

누군가가 내 어깨를 쳤다. 고개를 돌려 보니 짜증이 가득한 두 얼굴이 날 노려보고 있다. 그중 하나는 아는 얼굴이다. 중학생 때도 이런 식으로 시비를 걸어왔지만, 내가 복싱을 한다는 게 알려지고 난 뒤로는 조용해졌는데.

"왜?"

"복싱 한다더니, 사람 우습게 보냐?"

귀찮은 인간들. 엮이고 싶지 않아 가만히만 있었는데 또 이런 일이 생긴다. 나도 모르게 긴 한숨이 새어 나왔다. 어느새 교실의 모든 눈이 나에게 쏠려 있다. 이런 식으로 인간들 사이에 섞여들긴 싫다.

"왜 사람을 무시하냐고."

어떻게 하면 이 애들과 엮이지 않을지, 모두의 시선에서 벗어나 조용한 학교생활을 할 수 있을지 잠깐 생각해 봤지만 확실한 답이 떠오르지 않았다. 계속 무시하면 시비가 이어질 것이고, 그냥 사과하면 날 무시하려 들겠지. 일단 천천히 일어섰다.

"하지 마."

내 앞자리에 앉아 있던 반장이 끼어들었다.

"곧 선생님 오실 거야. 그러니까……."

"다 자리에 앉아!"

언제 들어온 건지 선생님이 우리를 보고 있었다. 내 앞에 있던 둘과 반장을 번갈아 보다가 다시 자리에 앉았다. 덕분에 지금은 넘겼지만, 저 둘이 이대로 물러나진 않을 것이다.

내가 복싱을 하는 이유 중 하나는 이런 때를 위해서이다. 특별히 운동을 좋아하지도 않는데 일주일에 다섯 번이나 체육관에서 땀을 빼는 이유. 내 몸을 지키기 위함이기도 하지만, 복싱을 한다고 하면 불필요한 시비가 생기지 않기 때문이다. 학년 초의 이 불편한 탐색 기간만 잘 지나간다면 말이다.

하지만 이번엔 알면서도 이러는 걸 보니 쉽게 넘어가긴 힘들 것 같다. 어떻게 지나가야 하나. 싸움이 벌어지고, 적당히 두들겨 주면 그 상황은 끝나겠지만 또 귀찮은 일이 이어질 것이고, 그냥 순순히 물러나면 날 만만히 보고 계속 건드리려 할 텐데…….

머리가 복잡하다. 이래서 난 인간이 싫다. 조용히 잘 있는 사람을 짜증 나게 만든다.

내 머릿속이 어떻든 시간은 흘러갔고, 수업도 이어졌다. 이미 대부분 학원에서 배운 것이라 집중하려 애쓰지 않았던 탓인지, 수업시간 내내 어떻게 하면 이 일을 조용히 잘 넘어갈 수 있을까에 대한 생각만 가득했다.

쉬는 시간이 되면 밖으로 나가 운동장 한쪽에서 시간을 보냈다. 교실에 있으면 아까 그 둘이 갑자기 날 덮칠 수도 있고, 또 다른 시비가 생길 수도 있으니까. 물론 그런 일이 일어나지 않는다고 해도 쉬는 시간을 교실에서 보내진 않을 거였다. 인간이 그득그득한 좁은 공간에 굳이 있을 필요가 없으니까.

그렇게 점심시간까지 아무 일도 없었다. 급식실에서 밥을 먹는 동안에도 누구 하나 내게 말을 걸어오지 않았다. 무엇보다 바라던 상황이었지만, 아침 일 때문인지 마음이 편치만은 않았다.

이어폰을 끼고 운동장 구석에 자리를 잡고 앉았다. 어서 빨리 이 상황을 해결해야 하지만, 아무리 생각해도 뾰족한 수가 안 보인다. 역시 난 인간이 싫다.

"송하준."

누군가가 내 어깨를 두드리며 나를 불러 나도 모르게 몸에 힘이 들어갔다. 잔뜩 긴장하고 돌아보니 햇빛 때문에 실루엣만 보일 뿐, 정작 얼굴이 보이질 않았다.

"여기서 뭐 해?"

자연스럽게 내 옆에 앉은 이 여자애는 아까 시비 걸던 놈들을 말린 애, 반장 양희윤이다. 별로 말을 섞고 싶진 않지만, 금방 갈 것 같지 않아 이어폰을 뺐다.

"그냥 앉아 있는데."

"왜 혼자 앉아 있어?"

"왜?"

"……응?"

아무렇지 않게 왜 혼자 있냐고 물어봐 놓고는, 왜 물어보냐고 하니 당황하는 모습이 어이가 없다.

"그냥, 말도 없고, 늘 혼자 있으니까 궁금해서 그러지."

대화를 이어 나가면 또 엮여 버릴 것 같아 고개를 돌렸다.

"너, 호반 중학교 나왔지?"

슬쩍 고개를 돌려 쳐다보자 다 알고 있다는 듯 말을 잇는다.

"복싱 한다며? 예체능계로 갈 거야?"

"아니."

"하긴, 너 공부도 잘하지."

뒷조사라도 하고 다니는 건가.

중학생 때도 특별히 친구라고 부를 만한 애는 없었다. 늘 혼자 다닌 덕분에 편안한 학교생활을 했다. 그런데 고등학교는 초반부터 쉽지 않다. 물론 학년 초엔 애들이 먼저 다가오는 일이 생길 거라 예상하긴 했지만, 생각보다 더 귀찮아질지도 모르겠다.

"인스타 아이디 뭐야?"

"그런 거 안 해."

"어? 이거 너 아니야?"

그러면서 눈앞에 휴대전화를 쭉 들이민다. 화면에는 내가 샌드백을 치는 모습이 나오고 있었다.

"그렇네."

저 영상이 왜 SNS에 올라가 있지? 계정명을 확인해 보았다. 하지만 누구인지 유추가 불가능한 아이디였다.

"이거 네 계정 아니야?"

"아닌데."

"아, 어쩐지. 디엠을 보내도 대답이 없더라니."

혼자 고개를 끄덕거리던 반장은 그 후로도 꽤 오랫동안 옆에서 쫑알대더니, 뭔가 중요한 일이라도 말하는 듯 갑자기 목소리를 낮추고 물었다.

"지훈이랑 싸울 거야?"

"뭐?"

"아까 시비 걸던 애들 있잖아."

둘 중 처음 본 애 이름이 지훈인가 보다. 아직 아무것도 결정하지 못했다. 싸움 자체는 별일 아니지만, 그 뒤에 일어날 일들이 진짜 문제니까.

"걔, 질이 안 좋아. 중학생 때도 몇 번이나 학폭위에 불려 갔었어."

"그래?"

충분히 추측할 수 있는 이야기이긴 하다.

"응, 조심해. 넌 복싱을 하니까 싸워도 지진 않겠지만, 걔네는 이기든 지든 괴롭히려 들 테니까."

그 정도는 나도 안다. 그래서 어떡할지 고민하는 거다.

"들어가자. 시간 됐어."

반장은 또 아무렇지 않게 내 어깨를 두드리며 교실로 돌아가자고 했다. 앞장서서 가는 뒷모습을 보다가 나도 천천히 교실을 향해 걷기 시작했다. 아무래도 반장이라 반에서 무슨 일이 생기는 게 싫은 것 같다. 여태까지 인사도 한 번 안 해 본 사이인데, 굳이 점심시간에 날 찾아내서 이렇게까지 하는 걸 보면 말이다.

점점 쓸데없이 인간들과 엮여 가고 있는 듯하다. 어서 빨리 관심에서 빠져나오고 싶은데, 쉽지 않을 것 같다.

오후 내내 쉬는 시간마다 둘이 다시 시비를 걸어오지 않을까 걱정했지만 아무 일도 일어나지 않았다. 가끔 날 흘끔흘끔 보는 것 같긴 했지만…….

무슨 꿍꿍이인지 모르겠다. 어쩌면 방과 후에 있을 선생님과의 면담이 끝난 후를 노리고 있는 건지도. 오늘이 내 차례라는 것 정도는 알고 있을 테니까.

 종례까지 마치고 가방을 정리한 뒤 상담실로 향했다. 노크를 하고 들어가자 선생님은 기다리고 있었다는 듯 웃으며 앉으라고 했다.

 "하준이는 고등학교 생활 해 보니 어때?"

 "그냥, 괜찮아요."

 괜히 튀는 대답을 해서 주목받으면 안 된다. 졸업할 때까지 있는 듯 없는 듯 보내야 한다.

 "그래? 힘든 일이나 궁금한 건 없어?"

 "네."

 "그렇구나. 매일 등교도 제일 빨리하고, 운동도 좋아하는 것 같던데. 하준이는 참 부지런하고 성실하네."

 대답하기 애매해 가만히 있었다.

 "요즘 제일 큰 고민은 뭐야?"

 "없어요."

 "그럼 제일 즐거운 건?"

 "딱히……."

 "흠."

 선생님은 내가 미리 적어 낸 상담지와 내 얼굴을 번갈아 보며 어색하게 웃었다.

 "장래 희망이 컴퓨터 프로그래머구나."

"네."

"요즘 AI도 그렇고, 점점 발전하고 있는 분야니까 장래성이 좋지. 하준이는 수학, 과학 성적이 좋아서 대학 입시 때도 도움이 될 것 같고. 조용하고 차분하니 적성에도 잘 맞을 것 같고."

그런 건 아무래도 상관없다. 내가 프로그래머가 되려는 건 인간을 상대하고 싶지 않기 때문이다. 프로그래밍은 이런저런 감정 소비 없이 입력한 값이 그대로 도출되니까.

"부모님과 관계는 어때?"

"그냥 그래요."

"동생이랑은 나이 차이가 좀 나네. 사이는 괜찮아?"

특별히 나쁠 것도 좋을 것도 없다. 마주칠 일이 없도록 가능한 한 피하고 있으니까. 조용히 고개를 끄덕였다.

선생님은 이후로도 간단한 질문을 해 왔고, 난 최대한 기억에 남지 않을 대답을 했다. 나라는 사람이 반에 있다는 걸 기억하지 못하기를 바랐다. 그래야 나도 다른 인간들을 신경 쓰지 않고 지낼 수 있으니까.

2

학원을 마치고 창밖을 보니 깜깜해진 밤하늘에 동그란 달이 떠 있었다. 이미 열 시가 훌쩍 넘었으니까 바로 집으로 가도 소란스럽진 않겠지.

엘리베이터를 타는데 낯익은 얼굴이 내 뒤를 따랐다.

"너도 이 학원 다녔어?"

무슨 대답을 하건 대화가 이어질 것 같아 그냥 작게 고개만 끄덕였다.

"언제부터? 왜 오늘 처음 봤지?"

같은 학교 애들을 마주치지 않으려 유명한 학원을 피하고, 학교에서 가까운 학원도 피해 체육관 주변에 위치한 학원으로 온 것이다. 그런데 여기서 반장과 또 마주쳤다.

"우리 학교에서 이 학원 다니는 사람 별로 없는데."

"알아."

"잘됐다. 이제 저녁 먹을 때 같이 먹을 사람 생겼네."

같이 먹자고 한 적도 없고, 제안에 동의한 적도 없다. 자기 편할 대로 생각하는 건 인간의 종특인가? 이러니 인간은 좋아하려야 좋아할 수가 없다.

엘리베이터가 1층에 멈춰 서둘러 내렸다.

"너 시엔파크 살지?"

이건 또 어떻게 안 건가 싶어 돌아봤다.

"단지 안에서 몇 번 봤어."

아무렇지 않게 말하며 내 옆을 스쳐 간다.

"집 갈 때도 같이 가면 되겠다. 우리 집도 시엔파크데."

앞장서서 가는 반장의 뒤로 건물 입구에 서 있는 애들이 보였다. 아침부터 나에게 시비 걸던 그놈이다. 쟤도 이 학원 다니나? 아니, 저런 애가 학원을 다녀?

"야."

놈은 기다렸다는 듯 날 보며 다가왔다. 가만히 놈의 얼굴을 보다가 그 뒤를 따라오는 무리를 확인했다. 총 다섯 명.

"잠깐 같이 좀 가자."

"왜?"

"아침에 하던 얘기, 끝은 내야지."

이 자리는 어떻게든 피할 수 있겠지만, 그게 끝이 아닐 것은 분명하다. 하…… 어떻게 해야 하나. 짜증이 난다. 머리에서 연기가 피어오르는 느낌이 들 정도로.

"왜 그래? 하지 마."

반장이 끼어들었다.

"희윤이 넌 빠져."

둘은 원래 아는 사이인지 놈이 자연스럽게 이름을 불렀다.

"가자."

내 옆에 선 녀석은 같이 가자며 손짓하더니 앞장서서 건물을 나갔다. 학원에서 빠져나오는 다른 애들과 섞여 녀석을 뒤따랐다. 어느새 다른 네 명이 내 주변을 둘러싸고 있었다.

골목 끝자락에 있는 한 편의점 근처로 간 놈은 바로 옆 놀이터와 편의점 사이에 서서 날 쳐다봤다.

"뭘 믿고 나대냐?"

내가? 내가 나댔다고? 이건 또 무슨 개소리야. 눈에 띄지 않으려고 그 누구보다 노력하며 살고 있는데.

놈의 옆에 서 있던 녀석이 날 보며 말했다.

"저 새끼 중학생 때도 저랬어."

"복싱 좀 한다 이거냐?"

너무 어처구니가 없으니 오히려 할 말이 생각나지 않았다. 그저 이렇게 막무가내로 시비를 거는 수도 있구나 싶었다.

"너 같은 새끼들이 제일 꼴 보기 싫어, 씨발."

"왜 시비야?"

"시비? 상황 파악이 안 되냐? 씨발, 누가 먼저 재수 없게 굴었는데?"

"내가 뭘 잘못했는데?"

그렇게 묻자 조금 전까지 주절주절 헛소리를 잘도 하던 놈이 갑자기 입을 다물고 날 노려본다. 적어도 자기들이 막무가내라는 걸 알긴 아나 보다.

"너, 학교 다니기 싫냐?"

내 쪽으로 한 발짝 다가오는 놈을 보며 거리를 쟀다. 두 걸음만 더 가까워지면 저 턱에 간단히 주먹을 꽂아 넣을 수 있다. 주변에 선 놈들에게서 긴장감은 느껴지지 않는다. 한 명만 쓰러지면 나머지는 일도 아닐 것 같다.

"난 학교 조용히 다니고 싶거든? 그러니까 건드리지 마."

"뭐래, 병신이."

"내가 뭘 했다고 이러는지 모르겠는데, 지금 날 건드리면 죽여야 할 거야. 그게 아니면 내가 너희 볼 때마다 반 죽을 만큼 패 버릴 거거든."

세게 나갈 필요가 있을 것 같아 놈을 똑바로 쳐다보며 질러 버렸다. 빈말이 아니다. 아무리 봐도 운동해 본 적도 없어 보이는 놈한테 내가 질 것 같진 않으니까.

"씨발, 그러냐? 그럼 해 봐, 해 봐!"

놈은 얼굴을 들이밀며 내 쪽으로 한 발 더 다가왔다. 앞으로 한 걸음.

"그래 주면 오히려 좋긴 해. 그럼 난 착한 학생이 되고, 넌 운동하는 새끼가 학폭을 한 게 되는 거니까. 사람들이 다 누구 편을 들까?"

주변에 서 있던 애들이 기다렸다는 듯 휴대전화를 내 쪽으로 향했다.

너무 싫다. 난 정말 인간이 너무나 싫다.

"해 보라고, 이 새끼야!"

녀석은 의기양양한 얼굴로 한 발짝 더 다가왔다. 나는 주먹을 꼭 쥔 뒤, 양 발바닥에 힘을 줬다.

"어이, 친구들."

뒤에서 들리는 소리에 고개를 돌렸다. 골목 어귀에서 손을 흔들며 다가오는 남자의 모습이 보였다.

"뭐야?"

이놈들이 모르는 걸 보면 일행은 아닌가 보다.

"송하준, 여기서 뭐 하고 있어?"

남자가 내 이름을 크게 불렀다. 누군데 날 알지?

거리가 좀 더 가까워진 뒤에야 목소리의 주인이 누구인지 알아볼 수 있었다. 문다원. 이제 막 스물한 살이 된 저 남자는 내가 다니는 체육관의 가장 큰 기대주이자, 대한민국 복싱의 미래라고

불리는 남자다.

실력이 진짜로 그 정도인지는 잘 모른다. 시합하는 걸 직접 본 적은 없으니까. 다만 아직 한 번도 진 적이 없으니 관장님의 팬한 허풍은 아닐 것이다. 체육관에서 훈련할 때의 모습을 보면 확실히 잘하는 것 같긴 하다. 스텝도 그렇고, 체력도 그렇고, 스피드도 대단하다.

복싱에 대한 것뿐 아니라 성실함이라든가 선량함 같은 인성부터 외모까지, 모두 그를 칭찬한다. 늘 바빠 보이고, 운동도 열심히 하고, 항상 밝은 사람이다.

하지만 어딘가 부자연스럽다. 무언가 꾸며진 것 같은 느낌. 그도 인간이니 어쩔 수 없을 것이다. 인간은 다 겉과 속이 다르니까.

"친구들이야?"

"아이, 씨. 야, 가자."

다원이 점점 다가오자 날 둘러싼 놈들이 슬금슬금 뒤로 물러나기 시작했다.

"어디 가? 와 봐. 무슨 일인데 그래?"

어느새 코앞에 도착한 다원은 애들을 보며 말을 이었다.

"지금 시간이 몇 신데 이러고 있어? 부모님이 걱정하셔."

"빨리 가자니까."

조금 전까지 내게 얼굴을 들이밀던 놈이 급하게 말했다. 그러자 다원이 잠시 녀석의 얼굴을 빤히 보더니 물었다.

"너, 혹시 형 있어? 낯익은 얼굴인데?"

다원이 고개를 갸웃거리자 놈은 코를 문지르며 슬쩍 고개를 돌렸다.

"그래서 너네 뭐 하고 있었어? 싸웠어?"

"아뇨, 싸운 게 아니고……."

"뭐야, 넌 운동하는 애가 친구들하고 싸우면 안 되는 거 몰라?"

다원은 한 손으로 내 팔을 붙잡아 끌더니 어깨를 툭 쳤다.

"사과해, 빨리."

"……네?"

"미안하다 하고 화해해."

도대체 이게 무슨 상황인지 이해가 되지 않았다. 하지만 다원의 얼굴을 빤히 보다가 결국 놈을 향해 말했다.

"미안하다."

"그래. 자, 사과했으니까 넌 빨리 집에 가."

"네?"

"부모님 걱정하시잖아. 너 내일 체육관 나오는 날이지? 밖에서 돌아다니다가 내일 아침에 늦지 말고 얼른 들어가."

그렇게 말한 다원은 다짜고짜 날 돌려세워 등을 떠밀었다. 그러곤 어쩔 줄 몰라 하는 애들한테 말을 걸었다.

"너네는 나랑 잠깐 얘기 좀 하자. 뭐라도 마실래?"

조금 전까지 내게 날을 세우던 놈은 얼떨떨해하며 제게 어깨동

무를 하고 걷는 다원을 따라 편의점으로 향했다.

뭐가 뭔지는 모르겠지만 이대로 여기에 서서 기다리는 것도 이상하고, 다시 저놈들 쪽으로 가는 것도 이상한 것 같아 재빨리 골목을 빠져나왔다. 세 살짜리 꼬마 애들이 싸우는데 억지로 악수시키고 상황을 끝내려는 것 같은 흐름이었지만, 어쨌든 마무리가 되긴 했다.

버스 정류장으로 가는 내내 어리둥절했다. 내가 왜 사과를 해야 하는 것이며, 왜 진짜 했는지도 모르겠다. 월요일부터 무슨 일이 이렇게 많은지. 하루가 너무 길다.

버스 정류장 벤치엔 반장이 앉아 있었다. 쟤는 아직도 집에 안 가고 뭘 하는 거지? 가까이 다가가면 또 말을 걸 것 같아 정류장 근처에서 버스 도착 시간만 확인했다.

"송하준."

그새 날 발견한 건지 반장이 내 쪽으로 다가왔다.

"괜찮아?"

"어."

"그런데 왜 혼자 와?"

반장은 내 뒤를 흘끔흘끔 살피더니 날 빤히 쳐다봤다. 그러곤 도로를 향해 고개를 돌렸다.

"야, 버스 온다."

내가 대답도 하기 전에 멀리서 오는 버스를 가리킨 반장이 내

옷깃을 잡아끌었다. 버스에 타고 자리에 앉아 조금 전 상황을 묻는 반장에게 대충 둘러댔더니, 작게 고개를 끄덕이곤 종알종알 자기 할 말을 계속했다. 학원이 어떻다느니, 학교가 어떻다느니. 관심도 없는 이야기가 이어졌다.

버스에서 내려서도 반장은 내게 이것저것 물어보며 대화를 이어 갔다. 중학교 때 이야기라던가, 수업시간에 있었던 일이라던가, 지금 담임 선생님에 관한 소문까지. 반장이라 그런지 별걸 다 아는구나 하는 생각과 동시에 얼른 침대에 누워 쉬고 싶었다.

"난 이쪽이야."

반장이 오른쪽 동을 가리켰다.

"그래."

"잘 가."

반장은 뭔가 할 말이 있는 것처럼 그 자리에 서 있었지만, 모른 척 걷기 시작했다.

"하준아."

돌아보자 살짝 인상을 쓴 반장이 보였다.

"지훈이랑 걔네, 그냥 무시해."

나도 그러고 싶다.

"굳이 부딪힐 필요 없잖아. 혹시 또 시비 걸면 나한테 얘기해."

"나 말고, 걔네한테 그렇게 말해. 누구보다 부딪히고 싶지 않은 사람이 나니까."

말을 끝내자마자 여전히 인상을 찌푸리고 있는 반장을 등지고 돌아섰다.

어떻게든 반에서 생기는 문제를 해결해 보겠다는 건가. 대단한 책임감이다. 그런데 책임감에 비해 똑똑하진 못한가 보다. 시비를 건 것도 그놈들이고, 문제를 만든 것도 그놈들인데 굳이 나한테 저런 얘길 하는 걸 보면 말이다.

얼마 되지 않는 집까지의 거리가 엄청나게 멀게 느껴졌다. 오늘 많은 일이 있었던 탓인지 너무 피곤하다. 잠들기 전까지 단 한 사람도 더 마주치고 싶지 않다.

비밀번호를 누르고 현관으로 들어섰다.

"왔니?"

한숨인지 인사인지 모를 엄마의 목소리가 들렸다.

"왜 이렇게 늦게 다녀?"

뒤이은 아빠의 목소리에 못 들은 척 방으로 향했다.

옷을 갈아입고 욕실로 가려는데 아빠가 날 불러 세웠다.

"밖에서 쓸데없는 짓 하고 다니는 거 아니지?"

여기서 무슨 말을 더 하면 대화가 길어질 거라는 예감이 들었지만, 내 생각과 달리 입이 저절로 움직였다.

"내가 알아서 해."

"알아서 하는 게 이런 거야? 고등학교 들어갔다고 툭하면 늦게 오고."

"왜 그래."

옆에서 엄마가 아빠 팔을 치고는 날 보며 물었다.

"저녁은 먹었어?"

"어."

단답으로 대화를 끊고 욕실로 들어와 차가운 물을 틀고 세수를 시작했다.

온 집안에 짜증이 가득하다. 작은 방에 있는 짜증 괴물로부터 시작된 이 기운이 우리 가족을 집어삼켰다.

동생은 어릴 때부터 그랬다. 뭐든 마음대로 되지 않으면 짜증을 내고 주변 사람을 괴롭혔다. 집엔 늘 고성이 가득했고, 그래서 집에 있는 게 싫었다. 인간의 본성을 그대로 보여주는 듯하던 동생의 예민함은 가족 모두에게 번져, 언젠가부터 엄마와 아빠 역시 짜증 난 표정을 숨기려는 모습조차 보이지 않았다.

동생이 초등학교에 들어가고 얼마 지나지 않아 집안 분위기가 조금 달라졌다. 동생의 행동이 단순한 성격 문제가 아니라 장애일지도 모른다는 것 때문이었다. 학교에서 검사를 통해 정확한 진단을 받는 게 어떻겠냐고 제안을 한 모양이었다.

그날, 아빠는 불같이 화를 냈다. 검사를 받는다거나 진단을 받아 보자는 얘기는 곧바로 사라졌다. 대신 집안을 가득 채우고 있던 짜증이 좀 더 단단하게 뭉쳐져 바닥으로 가라앉아, 언제나 서로가 서로의 눈치를 보는 듯한 불편함으로 바뀌었다. 마치 짜증

덩어리를 건드리지 않도록 조심하는 것처럼.

상황이 이렇다 보니 엄마와 아빠는 내게 신경을 쓰지 않는다. 그에 대한 불만은 조금도 없다. 가족이라곤 하지만, 어쨌든 그들도 인간이니까. 인간이란 자신의 감정과 본능을 숨기면서 동시에 자신의 이득과 평안을 얻기 위해 최선을 다하는 존재고, 나는 그런 인간들에 대해 생각하는 것조차 피곤하다.

문제는 내가 고등학교에 입학한 이후로 엄마와 아빠가 부쩍 내 삶에 참견하기 시작했다는 것이다. 아무것도 모르면서 마음대로 판단하고, 말한다. 내가 할 수 있는 건 어서 집을 나가서 혼자 지낼 수 있을 때까지 버티는 것뿐이다. 어떻게든 앞으로 삼 년만 잘 견디면 된다. 딱 삼 년만.

3

버스에서 내렸다. 시간이 막 여섯 시를 넘어선 걸 확인한 뒤 체육관을 향해 달리기 시작했다. 체육관까지는 세 정거장이나 남았지만, 여기서부터 달려가는 게 웜업에 딱 좋다. 체육관에서 사이클이나 러닝머신을 타는 것보다 상쾌하기도 하다.

평일에 세 번, 일주일에 총 다섯 번. 나는 아침 일찍 체육관에서 운동을 하고 학교로 간다.

굳이 아침 일찍 가는 이유는 일어나서 옷을 갈아입고 양치질만 한 채로 답답한 집을 빠져나올 수 있다는 것과 그 시간에는 체육관에 사람이 없다는 점 때문이다. 고작해야 관장님과 다원 둘뿐이다.

그러고 보니 지훈인지 뭔지 시비를 걸었던 녀석이 며칠이 지나도 내게 아무 말도 붙이지 않는다. 아니, 아예 아무 일 없었던 것처럼 아는 척도 하지 않는다. 내가 먼저 숙이고 들어갔으니 더 이상 날 건드리지 않기로 한 건가. 아니면 그날 다원이 그놈들을 어떻게 한 걸까.

궁금하긴 하지만, 그놈에게 물어볼 생각은 없다. 왜 갑자기 모른 척하냐고 하는 것도 이상하니까. 어제 아침엔 다원이 체육관에 나오지 않아 다원에게도 확인해 볼 수 없었다. 물론 다원이 있었다 해도 굳이 묻진 않았겠지만, 다원의 성격이라면 먼저 말을 꺼냈을 수도 있을 텐데……. 오늘 다원에게 뒷이야기를 들을 수 있을지도 모르겠다.

건물 앞에 도착해 잠시 숨을 고르고 계단을 뛰어올라 안으로 들어갔다.

"하준이 왔어?"

문을 열고 들어서자 다원이 날 보곤 웃으며 손을 흔들었다. 슬쩍 고개를 숙여 인사를 하고 체육관 안쪽의 탈의실에서 운동할 준비를 하고 나왔다. 다원 혼자 섀도복싱(권투에서 상대편이 앞에 있다고 가정하고 공격·방어·풋워크 따위를 혼자서 연습하는 일)을 하고 있었다. 웬일인지 관장님의 모습이 보이지 않는다.

사이클을 지나쳐 한쪽 구석에서 줄넘기를 시작했다. 이미 몸이 풀려서인지 얼마 지나지 않아 땀이 뚝뚝 흐른다. 뛰는 박자에 맞춰 숨도 점점 가빠 온다.

줄넘기를 하는 동안 다원의 모습이 자꾸 눈에 들어왔다. 나보다 네 살 많지만 -69킬로그램급 선수인 만큼 키나 체격이 그리 크진 않다. 딱 나와 비슷한 정도다.

가벼운 스텝으로 정확한 타이밍에 주먹을 뻗는 모습이 확실히 다른 관원들과는 다르다. 복싱계의 미래인지까지는 여전히 잘 모르겠지만.

그날 일에 대해 무슨 말을 하지 않을까 싶었지만, 다원은 인사를 나눈 이후로 아무 말 없이 섀도복싱만 계속하고 있다. 다원과 그 녀석들 사이에 무슨 일이 있었던 걸까.

한참 줄넘기를 하고 있는데 체육관 문이 열리고 관장님이 들어왔다.

"어이! 역시 모범생 둘만 나와 있구만."

"관장님 오셨습니까."

다원이 관장님을 향해 깍듯이 인사했다. 나도 줄넘기를 멈추고 고개를 숙였다.

"인사하지 말고 하던 거 해, 하던 거."

관장님은 날 향해 그렇게 말하더니 다원에게 다가가며 물었다.

"다원이 넌 오늘도 일하고 온 거야?"

"네."

"시합 있을 땐 좀 줄이라니까. 다음 주 월요일 시합이잖아."

"괜찮아요."

"아니, 그 시합도 말이야, 진짜 꼭 나가야겠어? 그냥 생활 체육

대회 중간에 있는 시범 경기 같은 거잖아. 그거 한다고 너한테 득 될 것도 없어. 시청 팀에서 보러 오지도 않을 거고."

"그래도 시합이 잡혀 있어야 더 열심히 하죠. 요즘 자꾸 쉬고 싶단 생각이 들어서, 뭐든 동기 부여가 있어야 해요. 작은 시합이지만 이기면 시청 팀에서도 좀 더 좋게 봐 주겠죠. 황 관장님이 부탁도 하셨고."

"황 관장 말은 무시해. 뭣하면 내가 얘기해 줄게."

"괜찮아요. 그냥 시합 하나 뛰는 건데."

"아니, 그게…… 그, 내가 주말에 제주도를 가잖아. 뭐, 월요일 아침 비행기로 돌아올 거니까 네 시 시합에 맞출 수 있긴 하다만."

"저 혼자 가도 됩니다."

"뭘 혼자 가? 세컨드(경기에서 작전 지시 등의 조언을 하고 부상을 돌보는 등 선수를 도와주는 보조자)도 없이 시합 보내는 관장이 어딨어."

관장님은 작게 고개를 흔들더니 갑자기 내게 화살을 돌렸다.

"하준이 너야말로 대회 좀 나가 보라니까."

"아뇨."

"'아뇨'가 아니야. 스파링(격투 스포츠에서 실전과 같은 형식으로 하는 대전 훈련)도 많이 하고, 대회도 나가 봐야 실력이 확 느는 거야. 혼자서 샌드백만 친다고 느는 게 아니라고 내가 몇 번이나 얘기했잖아."

방금까지 다원에게 시합 나가지 말라던 사람이 내게는 시합을 나가야 한다며 열을 낸다.

"별로."

"'별로'가 아니라, 확실히 넌 재능이 있어. 다원이만 없으면 우리 체육관 대표 선수는 너일 거야. 이참에 대회 한번 나가 보자. 넌 어차피 프레임 자체가 커서 한 체급 올리면 다원이랑 안 마주치니까, 고3 돼서 진짜 시간 없어지기 전에. 응?"

어색하게 웃기만 한 뒤 다시 줄넘기를 시작했다.

"저건 무슨 말을 하면 대답을 안 해. 요즘 그게 유행이야? 내 참, 코로나 부작용이야, 뭐야. 하나는 좀 쉬라니까 기를 쓰고 시합 나가겠다고 하고, 하나는 제발 시합 좀 나가라는데 끝까지 안 나간다고 그러고. 다들 제멋대로야. 이게 엠제트(MZ)야?"

관장님은 영 마음에 안 든다는 듯 한숨과 함께 고개를 절레절레 흔들었다.

"그러지 말고, 너희 둘이 스파링 한번 해."

"네?"

"그럴까요? 이리 와."

다원이 좋다는 듯이 날 향해 손짓했다.

"전 이따 학교 가야 해서……."

"그냥 가벼운 스파링이야. 매스 스파링 정도로 하면 돼. 다원이 시합 전이니까 미트(복싱 훈련을 위해 양손에 장갑처럼 끼고 펀치를 받아 주는 장비) 치는 것보단 매스라도 한 번 하는 게 나아서 그래. 준비해."

거절한다고 넘어가 줄 것 같지 않아 어쩔 수 없이 스파링 준비를 했다. 매스 스파링은 상대의 몸에 충격이 가지 않을 정도로만 주먹을 뻗기 때문에 다칠 일은 없다. 하지만 다른 사람과 마주 보고 서 있는 것 자체가 불편하고 싫다.

헤드기어를 하고 마우스피스를 문 뒤 링으로 올라가자 다원이 웃는 얼굴로 다가와 주먹을 내밀었다. 주황색 마우스피스가 유난히 눈에 띈다는 생각을 하며 다원의 주먹을 터치하고 스파링을 시작했다.

다원은 왼손잡이 자세를 취한 채 내게서 멀리 떨어져 있었다. 실제 타격이 없다곤 하지만, 내 주먹이 다원에게 닿으려면 다원의 거리 안으로 들어가야 한다.

천천히 스텝을 뛰면서 왼쪽으로 돌다가 어깨 페인트(상대편을 속이기 위한 동작)를 주고 안으로 파고들었다. 하지만 다원은 이미 반 발 정도 밖으로 나간 상태에서 오른손으로 내 이마를 톡 건드렸다.

빠르다.

다시 한번 거리를 깨고 들어가 보려 했지만, 다원이 내 왼손이 닿지 않을 거리에서 오른손으로 또 내 이마를 톡 친 다음이었다.

삼 분 동안 계속 같은 일이 벌어졌다. 내가 어떻게든 가까이 다가가려 하면 다원은 이미 빠져나가서 날 톡톡 건드렸다.

1라운드가 끝나자 관장님이 내 쪽으로 다가왔다.

"너무 단순해. 쟤는 샌드백이 아니잖아. 발이 빠르단 말이야. 그럼 스텝을 살려서 보디를 노려야지. 너무 얼굴만 치려고 하지 말고 슬쩍 들어가서 보디, 다시 슬쩍 들어가서 보디. 그래야 다원이도 보디를 의식한다고. 그럼 거리를 깰 수 있으니까, 그렇게 한번 해 봐."

"네."

2라운드가 시작됐다. 관장님의 지시대로 다원의 복부를 노렸다. 하지만 다원은 귀신같이 내 주먹이 닿지 않을 거리만큼 멀어져 있었다. 그러곤 순식간에 내 쪽으로 파고들어 내 배를 톡 쳤다. 그 후로도 내가 어떤 공격을 하건 다 예상하고 있었다는 듯 피하고는, 내가 하려던 그 움직임을 그대로 실행했다.

스파링은 8라운드까지 하고 끝이 났다. 풀 스파링이나 시합이었다면 한 대도 제대로 때리지 못하고 맞기만 했을 것이다. 아니, 숨이 턱까지 차오르고 다리가 후들거릴 정도로 지쳐서 완주하지도 못하고 뻗어 버렸을지도 모른다.

라운드 종료를 알리는 알람 소리와 함께 바닥에 주저앉았다.

"고생했어."

내 쪽으로 와 어깨를 툭 치고 링 밖으로 나간 다원은 관장님과 함께 구석으로 향했다. 구석에서 이야기를 나누는 둘을 보다가

링을 빠져나왔다.

 글러브를 벗고 씻으러 가려다 다시 쪼그려 앉았다. 힘들다. 땀이 비 오듯 흐르고, 몸에선 열이 난다. 긴장을 많이 한 탓인지 다원이 톡톡 건드리기만 했던 부위들이 아픈 것처럼 느껴진다.

"하준아."

 어느새 관장님이 내 앞에 서 있었다.

"어때? 쉽지 않지?"

 관장님은 쪼그려 앉아 내 헤드기어를 벗겨 주며 말을 이었다.

"이래서 스파링을 해 봐야 한다는 거야. 겨우 매스만 해도 이렇게 힘들고 어렵잖아. 센 사람이랑 풀 스파링도 해 보고, 시합도 나가서 자꾸 붙어 봐야 해. 맞아 봐야 때리는 법도 알게 되고, 아픈 줄 알아야 피하는 법도 배울 수 있어. 샌드백 치거나 섀도 하면서 기본기를 몸에 익히는 것도 좋은데, 그건 말 그대로 기본이니까 당연히 해야 하는 거지. 그리고 기본기를 활용하려면 네가 직접 느끼고 생각하는 게 중요해. 체력도 마찬가지야. 샌드백은 몇십 분을 쳐도 할 만한데, 스파링 해 보니까 삼 분이 세 시간 같지? 그래서 러닝이 중요한 거야. 체력은 여기, 심장에서 나오고, 펀치력은 여기, 하체에서 나오거든."

"확실히 잘해요. 초반엔 몸에 힘이 너무 들어가서 뻣뻣하다 보니 느려지고 동작이 커져서 들어오는 게 잘 보였는데, 뒤로 갈수록 좋던데요? 긴장 안 하면 저도 장담 못 하겠어요."

다원이 어느새 내 옆으로 오더니 엄지를 치켜들며 말했다. 거짓말이다. 삼 분씩 여덟 라운드, 이십사 분 내내 난 아무것도 못 했다. 다원을 쫓아다니며 주먹만 붕붕 휘둘러 댔을 뿐이다. 스텝을 살려서 내 주먹을 제대로 맞출 수 있는 거리를 만드는 건 샌드백으로 수도 없이 연습했는데…….

"계체(체급 종목에서 경기에 앞서 몸무게를 재는 것)는 문제없겠어?"

"네, 미리 빼 놨어요."

"아무리 봐도 이번 시합은 좀 아닌데."

"괜찮아요. 시합을 피하는 건 선수가 아니잖아요."

"그야 그렇긴 하다만."

둘이 자기들끼리만 대화를 나누는 동안 시간을 확인했다. 일곱 시 사십 분. 이제 슬슬 씻고 학교로 가야 한다.

"하준아, 미트 좀 치고 갈래?"

"늦어서……."

"관장님, 쟤 고등학생이에요."

"그래서 뭐?"

티격태격하는 둘을 두고 샤워실로 향했다. 평소보다 훨씬 힘들어서인지 오늘따라 유난히 나른해 자고 싶어졌다. 씻고 나오니 다원과 관장님은 보이지 않았다.

사물함에 넣어 뒀던 가방을 챙겨 들고 체육관 밖으로 나오자 입구에 다원과 관장님이 서 있는 게 보였다.

"오늘 고마워. 덕분에 제대로 몸 풀었네."

다원이 한 손에 든 물병을 들어 보이며 말했다.

"학교까지 뛰어가. 복싱의 기본은 러닝이야."

고개를 숙여 인사하고 돌아섰다.

"뛰어! 뛰어!"

뒤에서 관장님이 소리쳤지만 애써 들리지 않는 척 버스 정류장을 향해 걸었다. 집으로 간다면 모르겠지만, 방금 샤워했는데 또 땀을 흘리고 싶진 않다.

기분이 묘하다. 개운하면서도 짜증이 나고, 후련하면서 불편하기도 하다. 그러다 정류장에 잔뜩 모여 있는 사람들을 보니 숨이 막혔다. 인간으로 가득 찬 버스를 타고 학교까지…….

그대로 정류장을 지나쳐 학교를 향해 달리기 시작했다. 천천히 달리면 괜찮겠지.

4

 어느새 여름이 와 버린 건지 교문 앞에 서 있으니 이마에서 땀이 뚝뚝 떨어진다.
 "많이 기다렸지?"
 내게 팔짱을 껴 오는 손이 보여 고개를 돌렸다. 반장이 환하게 웃으며 내 팔에 얼굴을 기댔다.
 "아니야, 나도 방금 왔어."
 "땀을 이렇게나 흘리는데?"
 반장은 그러면서 손수건으로 내 이마에 흐른 땀을 닦아 줬다.
 "그런데 꼭 나가야 해?"
 "응?"
 "시합 말이야. 시합에 나가면 많이 맞아야 하잖아."
 "괜찮아. 안 맞을 자신 있어."

"진짜지? 너 만약 다치기라도 하면 나 죽어 버릴 거야."
"걱정 마."
그러자 반장이 아기처럼 내 품에 안겨 왔다.
"그럼 꼭 이기고 와."
"응."
반장의 머리를 쓰다듬고 링에 올랐다.

정면에서 다원이 웃으며 날 향해 달려온다. 다원이 뻗는 주먹을 피한 뒤, 오른손 잽을 날렸다. 다원은 당황한 듯 날 쳐다봤고, 난 곧바로 왼손 훅(팔을 구부린 채 허리의 회전을 이용하여 상대편에게 가하는 타격)을 뻗었다.

"하준이 파이팅!"

관중석에서 반장의 목소리가 들렸다. 날 향해 환하게 웃는 반장. 반장에게 손을 흔들어 준 뒤 다시 앞을 바라봤다. 어느새 내 앞에 선 지훈이 날 보며 웃고 있다.

"좋냐?"
"뭐?"
비아냥거린 지훈은 날 향해 휴대전화를 들이댔고, 갑자기 반장이 나타나 그 애를 밀쳤다. 그러곤 내 손을 잡고 어딘가로 달리기 시작했다.

"하준아."

뭐지?

"하준아?"

엄마 목소리에 눈을 떴다. 엄마의 얼굴이 눈앞에 있다가 조금 멀어졌다. 뭐가 어떻게 된 거지?

"오늘은 체육관 안 가?"

천장에 달린 전등을 빤히 보고 있자니 그제야 말 같지도 않은 꿈을 꿨다는 걸 깨달았다.

"지금 몇 시야?"

"여덟 시야."

"알겠어."

거실로 나가는 엄마를 보며 몸을 일으켰다.

오늘은 토요일이다. 평소라면 체육관에 가서 운동을 하고 학원에 들렀다가 독서실에서 남은 하루를 보냈겠지만, 오늘은 체육관이 열지 않는다. 관장님이 제주도 여행을 갔기 때문이다. 시합을 앞둔 다원은 다른 체육관에서 스파링을 할 거라고 했다.

그렇다고 집에만 있는 건 너무 싫다. 아침부터 독서실이라도 가야 하나. 학교 자율 학습실을 가 봐야 하나. 어떡할지 고민하는데 자연스럽게 반장의 얼굴이 떠올랐다. 어쩐지 기분이 이상해졌다. 꿈 때문인가. 자꾸만 반장 생각이 난다.

그러고 보면 반장이 좀 이상하긴 했다. 어느 날부턴가 갑자기 내 주변을 서성이고, 말을 걸어오고…… 진짜 날 좋아하나?

아니, 그러거나 말거나 난 관심이 없다. 반장은 꽤 귀여운 편이고 성격도 좋은 것 같긴 하지만, 난 결혼할 생각도, 연애를 할 생각도 없으니까. 다른 사람과 사귄다는 건 생각만 해도 숨이 막힌다. 그게 아무리 반장이라고 해도…….

계속 반장, 반장 하는 건 좀 그런가. 이름이 양희윤이랬지.

"엄마아아아아아!"

밖에서 동생이 소리를 질러 얼른 침대에서 빠져나왔다. 의자에 걸쳐 둔 수건을 들고 거실로 나서니 아빠가 소파에 앉아 고개를 숙이고 머릴 쥐어뜯고 있었다.

"현준아, 왜 그래?"

작은 방에서 엄마 목소리가 들린다. 그대로 거실을 지나 욕실로 향했다. 물소리를 뚫고 동생의 고함 소리가 드문드문 들렸다. 빨리 집에서 나가야 한다.

대충 몸을 닦고 나왔다. 아빠는 어디로 간 건지 보이지 않고 집도 조용해졌다. 수건으로 머리를 털며 동생 방을 슬쩍 봤지만 아무도 없다. 베란다로 가 밖을 보니 아파트 단지 출입구를 향해 가는 엄마와 동생의 뒷모습이 보였다.

"하아…….”

소파에 걸터앉았다.

"아침부터 어딜 가려고? 또 운동하러 가? 이제 고등학생인데 복싱은 그만해. 다음 주에 모의고사라고 하지 않았어?"

피곤한 얼굴로 안방에서 나온 아빠가 날 보며 말했다.
"독서실 갈 거야."
"집에서 하면 되지 왜 독서실을 가."
"집에서 어떻게 공부를 해."
"방 있고, 책상 있고, 다 있는데 왜 못 해?"
이건 그냥 시비를 걸고 싶은 거라고 받아들일 수밖에 없다. 역시 인간은 이렇다. 기분이 나쁘면 어딘가에 풀어야만 하고, 만만한 상대가 보이면 쌓여 있던 걸 쏟아 낸다.
자리에서 벌떡 일어났다.
"앉아 봐. 같이 얘기 중이잖아."
"같이 얘기 중이었던 적 없어."
"뭐?"
"아빠 혼자 하고 싶은 말 한 거지, 같이 얘기한 거 아니라고."
아빠는 잠시 말이 없었다.
"그래, 그럼 너도 하고 싶은 말 있으면 해 봐."
"난 없어."
"송하준!"
그대로 방으로 들어와 옷을 갈아입었다.
"뭐가 그렇게 불만이야?"
아빠가 내 방까지 쫓아와서 짜증을 냈다.
"불만 없어."

"그럼 왜 그러는 거야, 대체."

"난 아무것도 안 했어. 아빠 혼자 얘기하고, 짜증 내고, 화내는 거지."

"뭐라고?"

가방을 챙겨 들고 밖으로 나왔다. 이번엔 아빠도 따라오지 않았다. 혹시라도 엄마와 동생을 마주칠까 봐 괜히 주변을 살피며 독서실이 있는 아파트 상가 쪽으로 걸었다.

주말이지만 전혀 즐겁거나 기쁘지 않다. 주말이건 평일이건 이 지구에는 수도 없이 많은 인간이 존재하고, 그 인간들은 시도 때도 없이 날 괴롭히려고 달려든다.

독서실에 도착해 또 주변을 살폈다. 나도 모르게 희윤이 있지는 않나 찾았다는 게 어이가 없어 헛웃음이 나왔다.

자리에 앉아 수학 문제부터 풀기 시작했다. 겨우 한 문제 풀었는데 쓸데없는 생각들이 떠올랐다.

희윤은 학교 자율 학습실에 있으려나. 엄마랑 동생은 어딜 간 걸까. 보통 동생이 아침부터 짜증을 내고 소리를 질러 댈 때는 뭔가에 꽂힌 경우인데, 그게 뭐였을까. 그나마 주말이라 다행이다. 평일이었으면 학교도 안 가려고 했을 테니. 아빠는 왜 알지도 못하면서 짜증부터 내고 보는 걸까. 이해해 보려 해도 안 되는 걸 보니 역시 인간이라 그런 걸까.

다원은 스파링을 하고 있겠지. 어떻게 내 주먹을 하나도 안 맞고 다 빠져나간 거지? 분명히 나도 페인팅 후에 반 스텝 들어갔는데 어떻게 그렇게 빨리 알아챘을까? 매스 스파링만으로도 완전히 녹초가 돼 버렸는데, 시합은 얼마나 힘들까.

잡생각을 멈출 수 없어 머리를 흔들면서 어떻게든 집중을 해 보려 했지만, 잘되지 않는다.

우우웅—.

주머니에서 진동이 울렸다. 몇 없는 사람들이 고개를 드는 걸 보고 빠르게 밖으로 나와 휴대전화를 꺼냈다. 엄마다.

"언제 나갔어? 밥 먹어야지."

"안 먹어."

"돈은 있어?"

"어."

"그럼 앞에 분식집에서 뭐라도 사 먹어. 점심땐 들어올 거지?"

"몰라."

"엄마아아아!"

멀리서 동생의 목소리가 들렸다.

"그래, 알겠어."

전화가 끊어졌다. 마음이 통화하기 전보다 더 답답해졌다. 이 상태로 책상에 앉아 있어도 공부를 할 수 있을 것 같지 않았다. 독서실 문 앞에서 잠시 고민하다 결국 건물 밖으로 나왔다.

괜히 상가 주변을 두리번거리다 천천히 달리기 시작했다. 관장님도 러닝이 제일 중요하다고 했다. 그리고 무엇보다 운동을 하고 나면 마음이 편안해지니까, 러닝이라도 하면 잡생각이 조금은 사라질지도 모른다.

목적지를 정한 건 아니었지만, 내 발은 자연스레 학교로 향하고 있었다. 실컷 달리기엔 학교 운동장만 한 데가 없고, 오늘은 사람도 별로 없을 테니까.

교문을 통과할 때쯤 되자 숨이 차고 땀도 흐르기 시작했다. 교문 앞의 경비 아저씨가 날 흘끔 보더니 의미를 알 수 없는 웃음을 지었다.

이대로 이십 분만 더 뛰자는 생각으로 계속 달렸다. 텅 빈 운동장을 달리는 동안 학교 안으로 들어가는 사람이 드문드문 있었지만, 아는 얼굴은 아니었다.

숨이 턱끝까지 차올라 구석에 놓인 벤치에 앉았다. 땅바닥으로 땀이 뚝뚝 떨어졌다. 바람이 불긴 했지만 열은 좀처럼 식지 않았고, 크게 호흡을 해도 가쁜 숨이 잦아들지 않았다. 목이 점점 바짝바짝 탔다. 시원한 물이 마시고 싶다.

천천히 건물 안으로 들어가 계단 앞에 있는 급수대에 입을 가져다 댔다. 물을 한참 동안 벌컥벌컥 들이켜고 나서야 몸을 일으켰다. 얼마나 마신 건지 배가 부를 지경이다. 땀이 식어서인지, 아무도 없어서인지 조용한 복도를 보니 마음이 편안해졌다.

그러고 보니 학교 자율 학습실은 한 번도 가 본 적이 없다. 온

김에 어떤 분위기인지 확인하는 것도 나쁘지 않겠지.

4층에 있는 자율 학습실 문을 열고 들어갔다. 그리 넓지 않은 자율 학습실은 책상도 많지 않았지만, 앉아 있는 사람도 별로 없어 거의 텅 비어 있었다. 빠르게 안을 둘러봤지만 희윤의 모습은 보이지 않았다. 여기에도 없는 것 같다. 아니, 있으면 뭘 어쩔 건데. 왜 자꾸 양희윤이 생각나는 거지?

학교를 빠져나왔다. 오늘은 독서실에서 공부나 하고, 가끔 러닝도 하면서 시간을 보내면 될 것 같다. 밤 열 시까지만 버티면 동생은 잠들 거고, 엄마 아빠도 별소리 안 할 것이다. 공부 하고 왔다는데 할 잔소리도 없을 테고. 그럼 오늘 하루도 조용히 지나가겠지.

독서실 앞에 도착해 혹시 몸에서 땀 냄새가 나지 않는지 확인했다. 땀을 많이 흘려서 조금 나는 것 같기도 하다. 씻고 싶은데 집에 가고 싶진 않다. 평소 같으면 체육관에서 씻고 나오면 되는데.

또 목이 말라 편의점에서 물을 한 병 사서 근처 벤치에 앉았다. 한참을 멍하니 있다가 이러고 있느니 집에서 빨리 씻고 나오는 게 나을 것 같아 집으로 향했다.

문을 열고 들어가자 집 안에는 시끄러운 소리가 가득했다. 동생이 거실에서 텔레비전을 보고 있었다.

"왔어?"

부엌에 있던 엄마가 고개를 내밀며 말했다. 대답 없이 방으로 가서 수건을 챙겨 들고 나왔다.

"형!"

동생이 날 불렀다. 일부러 눈길도 주지 않았는데. 아주 잠깐 고민하다가 돌아보지 않고 그대로 욕실로 향했다.

"형, 이거 재밌어. 같이 봐."

텔레비전에서 예전에 유행했던 히어로 영화가 나오고 있었다.

"난 이거 봤어."

"그래도……."

"일단 좀 씻고."

잠시 서서 동생의 표정을 살폈다. 혹시라도 소리를 지르거나 떼를 쓰진 않을까 했지만, 동생은 다시 텔레비전만 뚫어져라 쳐다보고 있었다.

샤워를 한 후 동생이 날 또 부르기 전에 내 방으로 급히 돌아왔다. 다행히 동생은 여전히 영화에 정신이 팔린 것 같았다.

옷을 입고 다시 나갈 준비를 하는데 엄마가 들어왔다.

"점심 먹어야지."

"안 먹어."

"독서실 가게? 얼른 먹고 가."

"안 먹는다고."

때마침 집으로 들어온 아빠가 나를 보곤 인상을 찌푸렸다.

"또 어딜 가려고?"

"독서실."

아빠를 지나쳐 밖으로 나왔다. 동생이 얌전할 때면 집이 조용해진다. 하지만 집안 분위기가 달라지진 않는다. 언제나 긴장감이 가득하고, 항상 불안하다. 그래서 혼자 있는 게 아니라면 집에 있고 싶지 않다.

독서실에 도착해 또 괜히 주위를 둘러봤다. 여전히 희윤의 얼굴은 없다. 자리에 앉아 이어폰을 끼고 태블릿을 꺼냈다. 모의고사가 얼마 남지 않았다. 첫 모의고사인 만큼 성적을 잘 내야 한다. 여러 가지로 귀찮아지지 않기 위해서라도.

5

 오늘도 버스에서 일찍 내려 체육관까지 달렸다. 관장님은 아직 제주도에 있겠지만, 다원이 체육관 문을 열고 훈련을 할 거라 했었다. 관장님이 없으면 더 좋다. 내게 괜히 말 거는 사람이 없다는 뜻이니까.
 땀이 조금 나기 시작할 때쯤 체육관에 도착했다. 체육관은 조용했고, 다원의 모습도 보이지 않았다. 문만 열어 두고 나간 건가?
 탈의실에 들어가니 한쪽 구석에 놓인 조그만 소파에 누군가 누워 있는 게 보였다. 소리가 나지 않게 조심해서 다가갔다. 다원이었다. 언제부터인진 모르겠지만, 꽤 깊이 잠든 것 같다.
 왠지 깨우면 안 될 것 같아 조용히 옷을 갈아입고 나왔다. 그러곤 탈의실에서 제일 먼 쪽으로 가 줄넘기를 시작했다.
 아무도 없는 체육관에서 혼자 운동을 하고 있으니 기분이 이상했다. 사람이 없으니 편안하면서도, 혹시 다원이 깨지 않을까 불안하다.

충분히 땀을 낸 뒤 글러브를 끼고 샌드백 앞에 섰다. 샌드백 치는 소리가 너무 크지 않을까 고민하다가 지난번 스파링 때 다원이 그랬던 것처럼 가볍게 톡톡 두드려 보았다. 강하게 치는 것보다 소리 안 나게 살살 치는 게 의외로 힘이 훨씬 더 많이 들어갔다. 그런 걸 보면 이것도 운동이 되는 거겠지.

"샌드백이 불쌍해서 그래?"

깜짝 놀라 뒤를 돌아보니 다원이 하품을 하며 탈의실에서 나오고 있었다.

"확실하게 딱딱 끊어서 쳐야지. 그렇게 건드리기만 하면 안 돼."

잠을 깨울까 봐 일부러 그랬다는 말 대신 제대로 샌드백을 쳤다. 그러자 기분 좋은 소리가 났다.

"그렇지."

다원은 또다시 하품을 하더니 내 쪽으로 와 벽을 붙들고 스트레칭을 했다. 오늘이 시합인데 생각보다 훨씬 여유 있어 보인다. 하긴, 그다지 어려운 시합은 아니라고 했으니 다원에겐 스파링이나 다름없을지도 모르겠다.

스트레칭을 끝낸 다원이 반대편 구석에서 가볍게 줄넘기를 하더니 다시 내 쪽으로 다가왔다.

"미트 잡아 줄게. 와 봐."

"아니요, 괜찮아요."

"샌드백만 치면 재미없잖아. 나도 미트 잡는 거 잘 못하지만, 그래도 혼자 샌드백 치는 것보단 나을 거야. 이리 와."

"오늘 시합······."

"응?"

"아니에요."

시합 준비나 하라고 하려다 말았다.

"자, 원."

다원의 구호에 맞춰 왼쪽 잽을 뻗었다.

"좋다. 원투."

팡팡 소리가 조용한 체육관에 울린다.

"자, 하나 피하고 원투."

미트 훈련은 관장님과 많이 해 봤지만, 어쩐지 조금 더 편한 느낌이다.

"앞발로 들어갈 때 살짝 돌려서 넣어 봐. 그럼 펀치를 뻗을 때 자연스럽게 골반이 돌아가서 힘이 좀 더 실리니까."

틈틈이 조언을 해 주며 움직이는 다원과 미트 훈련을 하니 샌드백을 치는 것보다 훨씬 힘들었다.

"좋다."

다원은 시작부터 계속 웃고 있다. 관장님과 다르게 웃으면서 이야기를 해 주니 조금 더 적극적으로 할 수 있는 것 같다. 하긴,

다원은 늘 저렇게 밝은 모습이다.

다원과의 미트 훈련은 꽤 오래 진행됐다. 점점 힘이 빠진다 싶을 때쯤, 어디선가 작게 휴대폰 벨 소리가 울렸다.

"잠깐만."

다원이 손에서 미트를 빼며 탈의실 쪽으로 갔다.

힘들다. 지난번 스파링을 했을 때만큼은 아니지만, 혼자 샌드백이나 스피드 백(권투 선수의 스피드나 균형을 증진하는 데 사용하는 기구)을 칠 때보단 훨씬 힘들다.

"괜찮아요. 혼자 가면 돼요."

통화를 하며 다시 나온 다원이 내게 물을 건넸다.

"에이, 괜찮다니까요."

다원은 지금도 웃고 있다.

"학교 가야죠."

다원이 날 보며 말했다. 그러더니 전화를 살짝 가리고 물었다.

"하준아, 오늘 학교 몇 시에 끝나?"

"세 시 반이요."

"안 돼요."

다시 전화기에 대고 말한 다원은 나한테 전화를 내밀며 작게 속삭였다.

"관장님인데, 그냥 안 된다고 해."

"네?"

일단 전화를 넘겨받았다.

"여보세요."

"어, 하준아, 어젯밤 꿈에 돌고래가 나왔거든."

갑자기 이게 무슨 헛소리인가 싶었다.

"내가 돌고래 꿈을 꾸고 나면 그날은 꼭 안 좋은 일이 생긴단 말이야. 그래서 찝찝한 상태로 눈을 떴는데······."

관장님은 늘 이렇다. 남들이 껄끄러워할 이야기는 아무렇지 않게 툭툭 던지면서, 자기가 하기 힘든 말을 할 때는 말이 길어진다.

"공항으로 가려고 짐을 다 챙겨서 나왔더니 안개가 잔뜩 낀 거야. 뭐, 새벽이니까 그럴 수 있겠다 싶었지. 그런데 공항에 왔는데도 안개가 안 걷혀서 비행기가 못 뜬다데. 그래서 시합 시간을 도저히 못 맞출 것 같거든."

서울로 못 온다는 말이 하고 싶은 것 같다.

"황 관장은 이번 대회 주최 측에서 일하느라 챙겨 줄 수가 없고, 지환이는 지방에 있거든. 마땅한 사람이 없어서 그러는데, 네가 오늘 다원이 시합장에 같이 가 주면 안 되냐? 어차피 다원이가 알아서 잘할 거니까 넌 그냥 심부름해 주고, 시합 때 물 챙겨 주고, 땀 닦아 주면 되거든? 부탁 좀 하자. 필요하면 내가 학교에 연락해 줄게. 부모님께도."

"아니요."

"아, 역시 학교까지 빠지긴 좀······."

"갈게요. 학교랑 부모님은 제가 알아서 하면 돼요."

"어? 그래? 야, 고맙다. 그럼 부탁할게. 다원이랑 시간 정해서 같이 가. 시합 끝나면 다원이랑 셋이 맛있는 거 먹으러 가자. 관장님이 쏠 테니까."

"네."

"그럼 다원이 좀 다시 바꿔 줄래?"

전화를 다원에게 건넸다.

"예?"

관장님의 설명을 들은 다원은 놀란 듯 눈을 동그랗게 뜨고 내게 물었다.

"진짜 가려고? 괜찮아. 혼자 가도 돼."

여러 가지 생각이 들었다. 괜히 다른 사람 일에 엮이는 건 너무 너무 싫지만, 시합장에 가서 분위기도 보고 시합 진행 과정을 경험해 보는 것 정도는 나쁘지 않겠지. 무엇보다 다원의 시합을 직접 보고 싶다. 다원이 좋다거나, 오늘 미트 훈련을 같이해 준 것이 고마워서 그런 건 아니다. 단지 다원이 시합에서는 어떻게 움직이는지, 진짜 실력은 어느 정도인지 보고 싶은 것뿐이다.

"괜찮으니까 그냥 수업 들어. 알겠지?"

전화를 끊은 다원이 웃는 얼굴로 내 어깨를 두드리며 말을 이었다.

"마음은 고맙다. 꼭 이기고 올게."

"아뇨, 갈게요."

"아냐, 아냐, 학교까지 빠지면서 그럴 필요 없어."

"괜찮아요."

다원은 뭔가 생각하는 것 같더니 또 웃음을 지으며 말했다.

"그럼 수업 다 마치고 와서 구경해. 아니다, 시합장 오면 끝나 있겠네……."

"오후 수업 빠지면 돼요."

"안 돼. 학생이 수업 빠지고 그러면 안 돼."

"괜찮아요."

자꾸 오지 말라고 하니까 오기가 생겼다. 거기다 지금이 아니면 다원의 시합을 직접 볼 일도 없을 것 같았다. 지금은 학기 초라 하루쯤 오후 수업을 빠져도 괜찮겠지만, 앞으로는 점점 더 시간을 내기가 힘들어질 테니까.

"오늘 수업 별것 없어요. 몇 시까지 가면 돼요?"

다원은 놀란 건지, 고민을 하는 건지 눈을 빠르게 깜빡거리다가 고개를 갸웃거렸다. 그러곤 어색하게 볼을 긁더니 말했다.

"진짜 괜찮겠어?"

"네, 괜찮아요."

또 생각이 많아졌는지 다원의 미간에 주름이 깊게 생겼다. 그럼에도 입꼬리는 살짝 올라가 있어, 웃는 건지 아닌 건지 알 수 없는 표정이 됐다.

"그래, 그럼. 특별히 할 건 없을 거야. 편하게 와."

시계를 보던 다원이 웃으며 덧붙였다.

"바로 시합장으로 올래? 아님 같이 갈까?"

"다 괜찮아요."

"너 학교가 어디였지?"

다원에게 학교 이름을 말하자 잘 알고 있다는 듯 고개를 끄덕였다.

"난 열두 시쯤 출발할 거거든. 그 시간에 같이 가는 것보다는 그냥 수업 최대한 듣고 시합장으로 오는 게 낫겠지?"

"괜찮아요. 열두 시에 나올 수 있어요."

다원은 또 조금 놀란 듯 나를 쳐다보더니 곧 음흉한 미소를 씨익 짓고는 내 어깨를 툭 쳤다.

"너, 농땡이 치고 싶어서 그러는 건 아니지?"

"하루니까."

"에이, 그래, 하루쯤은 농땡이 좀 쳐도 괜찮겠지. 그것도 다 추억이고. 그럼 내가 열두 시까지 너희 학교 앞으로 갈게. 시간 맞춰서 나와."

"네."

"점심은 어떡할까? 가서 간단히 먹을래?"

"네, 상관없어요."

"알겠어. 고맙다."

다원은 안심했다는 듯 한숨을 후 쉬고는 갑자기 크게 심호흡을 하며 줄넘기를 집어 들었다.

"학교까지 빼먹고 세컨드 보러 와 준다는데, 오늘은 꼭 잘해야겠네. 몸 좀 풀어 둬야겠다."

줄넘기를 하는 다원을 보다 시계로 고개를 돌렸다. 슬슬 씻고 학교로 출발해야 할 시간이다.

샤워실에서 물을 맞는데 점점 긴장이 되었다. 내가 시합을 하는 게 아닌데도 실수하면 안 된다는 생각과 함께 불안한 마음이 커졌다. 괜히 간다고 했나. 지금이라도 못 갈 것 같다고 얘기해야 하나.

아니다. 이제 와서 못 가겠다고 하는 것도 말이 안 된다. 생활체육 수준의 시합이라고 했으니 괜찮겠지. 내가 간다고 문제가 생긴다면 그건 나 때문이 아니라 다원의 실력이 문제 아닐까.

샤워를 끝내고 나오니 한쪽 구석에서 섀도복싱을 하고 있던 다원이 날 발견하곤 손을 들며 말했다.

"학교 가서 수업 잘 듣고, 선생님께도 잘 말씀드려. 혹시 뭐라고 하시면……."

다원이 내 쪽으로 다가와 글러브를 벗고 손을 내밀었다.

"휴대폰 좀 줘 봐."

휴대폰을 건네자 다원은 제 번호를 찍어 돌려주며 말했다.

"나한테 전화해. 내가 다시 잘 말씀드릴게. 오후에 빠지는 만큼 오전에 공부 더 열심히 하고, 열두 시에 교문 앞에서 보자."

"네."

손을 흔드는 다원에게 살짝 고개를 숙여 인사하고 체육관을 나왔다. 조금 전까지 남아 있던 불안함이 설렘으로 바뀌었다. 이유는 모르겠지만, 살짝 흥분되기도 한다. 버스 정류장을 지나쳐 달리기 시작했다. 왠지 달려야만 할 것 같은 기분이다. 상쾌한 바람과 맑은 공기, 기분 좋은 긴장감까지…….

수업은 평소와 같이 이어졌지만, 오전 내내 단 한 시간도 집중할 수 없었다. 다원의 시합 때문에 긴장이 된 건지, 앞자리에 있는 희윤이 신경 쓰여서인지 잘 모르겠다. 아침에 짧은 인사를 나누고 수업 중간에 잠깐 이야기한 게 전부인데 이상하게 자꾸 희윤의 등을 바라보게 되고, 머리가 복잡해진다.

고개를 돌리니 저 멀리 지훈이라는 놈이 보였다. 그날 이후로 저놈들은 여전히 내게 관심이 없다. 아직도 이유를 알 수 없지만, 어쨌든 가장 골치 아팠던 문제는 정리된 것 같다. 그거면 충분하다.

다원과의 약속은 열두 시. 4교시가 정확히 열두 시에 끝나니까 바로 뛰어가야 한다. 아직 누구에게도 사정을 말하지 않았다. 선생님께 조퇴를 시켜 달라고 하면 엄마에게 연락이 갈 테고 그럼 많은 걸 설명해야 하니까, 차라리 일단 빠지고 나중에 한소리 들는 게 낫다. 엄마든 선생님이든, 어차피 대화가 잘되지 않을 게 뻔하니까.

마침내 수업 종료 벨이 스피커를 타고 교실에 울렸다.

"오늘은 여기까지 하자. 다들 점심 맛있게 먹어라."

수업시간에 뭘 했는지 기억나지 않을 정도로 집중을 못 했지만, 어쨌든 드디어 끝이 났다. 삼삼오오 모여들거나 밖으로 나가는 아이들 때문에 교실이 순식간에 시끌시끌해졌다.

슬쩍 주변을 둘러본 뒤 아무렇지 않게 가방을 챙겨 뒷문으로 향하는데, 희윤이 날 불렀다.

"하준아, 어디 가?"

"일이 좀 있어서."

"조퇴하는 거야?"

"응."

더 묻지 않는 희윤을 뒤로한 채 그대로 교실을 나섰다. 가방을 들고 나오는 게 이상해 보이면 어쩌나 신경이 쓰였다. 나도 모르게 점점 걸음을 빨리해 운동장을 가로질러 학교를 벗어났다.

교문 앞에 조그만 경차 한 대가 서 있었다. 곧 운전석 창문이 내려가고 다원이 얼굴을 내밀었다.

"왔어?"

조수석 문을 열었다. 밖에서 볼 때도 꽤 낡아 보였는데, 실내가 더 엉망이었다. 옷가지가 굴러다니고 가방과 신발이 뒷좌석에 가득했다. 내 표정을 본 다원은 멋쩍게 웃고는 온라인 쇼핑몰 로고가 박힌 점퍼를 집어 뒷좌석으로 던졌다.

"타. 선생님이 뭐라 안 하셔?"

"네."

아무 말도 안 했으니 뭐라 하실 일도 없다.

"배고프지?"

"괜찮아요."

"시합장 근처 식당 가서 먹자."

차는 천천히 큰길로 접어들었다.

"시합장 처음 가 보지? 가서 구경도 하고, 시합 준비 어떻게 하는지도 보면 재밌을 거야. 난 관장님이랑 가는 것보다 좋으니까 부담 갖지 마. 솔직히, 관장님 있으면 엄청 신경 쓰이거든."

다원은 운전하면서 콧노래를 흥얼거리기도 하고, 혼잣말을 하기도 했다.

"복싱은 재밌어?"

특별히 재미가 있다거나 흥미가 가는지는 잘 모르겠다. 어디까지나 괜한 시비에 안 걸리려고 배우기 시작한 거니까.

"근데 요즘은 복싱 잘 안 하지 않나? 투기 운동에 관심 있는 친구들은 주짓수나 격투기를 많이 하는 것 같던데."

다원은 날 보며 씩 웃고는 말을 이었다.

"우리 체육관에도 하준이 너 말고는 고등학생 한 명도 없잖아.

알고 보면 참 재밌는데 말이야. 하준이는 복싱 계속할 거지?"

"모르겠어요."

"입시 준비 때문에 시간이 안 나면 주말만이라도 나와. 난 공부는 열심히 안 해 봐서 잘 모르지만, 공부도 체력 싸움이라고들 하잖아. 관장님 밑에서 운동하면 체력은 확실해지니까."

다원은 자기 시합이 코앞인데 별로 긴장되지 않는 것 같다.

"하준이는 체육관 언제부터 나왔지?"

"중1 겨울 방학이요."

"내가 중학교 2학년 올라가면서 시작했으니까, 나랑 비슷하네."

다원은 뭔가를 생각하는 듯하더니 물었다.

"그런데 왜 스파링 안 해?"

"그냥……."

인간을 상대하는 게 싫어서라고는 얘기할 수 없어 대충 얼버무렸다.

"지난번에 매스 하면서도 느꼈지만, 기본기는 확실히 좋은 것 같거든. 이제 스파링도 좀 해 보는 게 어때? 지금처럼 혼자 하는 건 한계가 있어. 물론 안 배운 사람보다야 낫겠지만, 아무래도 스파링을 해야 확 늘거든. 그러다 시합도 나가면 테크닉도 훨씬 좋아질 거고. 모든 분야가 다 그렇지만 내 실력이 느는 게 느껴지면 더 재밌어지니까. 하준이는 기본기를 오랫동안 닦았으니 스파링 하면 금방 쭉쭉 좋아질 거야. 이왕 하는 거 실력도 늘고 재미도 느끼면 좋잖아."

"네."

"평일 아침엔 사람이 없어서 어렵겠지만, 하준이는 주말에도 나오잖아. 주말에 나오는 형들이나 아저씨들 중에 같이 해볼 만한 사람들도 꽤 있으니까 한번 생각해 봐. 우리 체육관 사람들은 풀 스파링도 죽어라 하는 사람들 없거든. 그러니 크게 다칠 일은 없을 거야. 혹시 사람 많은 게 좀 불편하면, 평일 아침에 나랑 하자. 하준이랑 하면 나도 재밌을 거 같아."

다원은 그 후로도 계속 복싱 이야기를 했다. 이 사람은 복싱을 진짜 좋아하는구나.

"저기, 프로 선수 하실 거예요?"

"음……."

다원은 잠깐 고민하더니 고개를 끄덕였다.

"프로로 전향해서 세계 챔피언 한 번은 해 봐야지. 지금 우리나라엔 세계 챔피언이 없잖아. 이노우에 나오야(일본의 복싱 선수. 2020년대 최강 복서로 불린다) 시합 보면 나도 세계 챔피언이 돼서 우리나라에 빨리 벨트를 가져오고 싶어. 그런데 일단은 실업팀 들어가서 올림픽에 나가 볼까 봐. 아마추어 시합부터 정리하고 프로로 가는 게 그림도 예쁘고, 메달리스트쯤 돼야 프로로 갔을 때 사람들이 관심을 가져 주지 않을까? 우리나라는 복싱이 인기가 없잖아."

"그럼 챔피언이 꿈이네요."

"맞아. 하지만 그저 막연한 꿈은 아니야. 난 정말 챔피언이 될 거야. 아무도 믿지 않을 때도 자기 자신을 믿는 것이 챔피언이 되는 길이란 말이 있거든. 난 믿어. 내가 챔피언이 될 거라고."

다원의 말에서 확신이 느껴졌다. 정말 자신이 챔피언이 될 거란 확신.

"하준이는 꿈이 뭐야?"

"……프로그래머?"

"오, 멋진데? 복싱 잘하는 컴퓨터 프로그래머. 프로그래머는 잠도 잘 못 자고 엄청 고생이 많다던데, 복싱으로 기른 체력이 도움 되겠다."

이야기는 다시 복싱으로 돌아갔다. 다원은 자기가 좋아하는 선수부터 최근에 열린 나이 많은 복서의 이벤트 시합까지 다 분석했다며 자신의 생각을 들려줬다. 신나게 이야기하는 다원의 말을 듣는 것은 꽤 재밌었다. 복싱을 잘하는 사람은 보는 눈도 다르구나 싶은 이야기도 많았다.

시간 가는 줄 모르고 이야기를 듣다 보니 벌써 한 실내 체육관의 주차장에 도착했다. 차에서 내린 우리는 함께 체육관 안으로 향했다. 출입구에는 '생활 체육 복싱 대회'라고 적힌 현수막과 함께 게시물과 포스터가 붙어 있었고, 그 주변엔 사람들이 무리를 이루고 있었다. 한쪽 귀퉁이에 마련된 부스 앞에서 다원이 어떤 아저씨에게 반갑게 인사를 건넸다.

"관장님, 안녕하세요."

"어, 다원이 왔어?"

저 아저씨가 황 관장님이라는 사람인가 보다.

"규만이는 오늘 못 온다던데?"

규만은 우리 관장님 이름이다.

"예, 그래서 체육관 친구랑 같이 왔어요."

두 사람은 이후로도 꽤 길게 이야기를 나눴다.

"잠깐 여기서 기다리고 있을래? 계체 하고 올게."

"네."

다원이 아저씨와 함께 체육관 안으로 들어갔다. 난 계단 앞에 앉아 여기저기서 몸을 푸는 사람들의 모습을 구경했다.

"밥 먹으러 가자."

어느새 돌아온 다원과 함께 다시 체육관을 나와 조그만 분식집에 들어갔다.

"뭐 먹을래?"

"그냥, 대충…… 라면?"

"라면만 먹고 괜찮겠어?"

"네."

"그래. 사장님, 여기 라면 하나 주세요."

정작 다원은 물만 한 모금 마시고는 웃었다.

"안 먹어요?"

"응, 시합 전이잖아. 뭐 먹으면 불편해서."

내가 라면을 먹는 동안 다원은 누군가와 통화를 하고, 물을 들이켜더니 또 다른 누군가와 통화를 했다. 무슨 일인지는 모르겠지만 굉장히 바빠 보였다.

식사를 마치고 체육관으로 돌아오니 한가운데에 링이 설치되어 있었고, 그 주변에 세팅된 의자와 테이블 사이를 관계자로 보이는 몇몇이 바쁘게 돌아다니고 있었다.

다원은 링 주변을 지나는 사람들과 계속 인사를 나눴다. 웃는 얼굴로 이야기를 나누는 모습을 보니 저런 사람이 인싸구나 하는 생각이 들었다.

잠시 후, 다원이 내게 한쪽 구석으로 가자고 손짓을 했다. 그러고는 바닥에 앉아 스트레칭을 하다 슬쩍 웃더니 말했다.

"앉아서 쉬고 있어. 난 가볍게 몸 좀 풀고 올게."

"네."

체육관 밖으로 나가는 다원을 보며 멍하니 있다가 일어섰다. 주변을 어슬렁거리고 있으니 대회가 시작된 건지 웅성거림과 함께 링 안으로 두 선수가 들어갔다. 그냥 봐도 그다지 잘하는 것 같진 않았지만, 집중해서 보게 됐다. 내가 만약 저 링에 서 있다면 어떨까 생각하며 보다 보니 나도 모르게 몸에 힘이 들어갔다. 같은 체육관에서 온 사람들인 건지 응원하는 소리가 양쪽에서 크게 들렸다.

경기가 끝나고 판정이 이어졌다. 곧 또 다른 경기가 시작됐지만, 이번엔 경기를 보는 대신 체육관 밖으로 나왔다. 밖에도 사람이 많았다. 몸을 푸는 사람들, 모여서 이야기를 나누는 사람들.

다원은 어디 있지? 주변을 살폈지만 보이지 않았다. 체육관 뒤편으로 천천히 걸어가자 한쪽에서 섀도복싱을 하는 다원이 눈에 들어왔다. 시합을 앞두고 기합이 들어간 건지 나와 스파링을 할 때보다 훨씬 빠르고 힘이 있었다.

다원이 몸을 푸는 모습을 한참 구경했다. 다원은 스텝을 밟으며 주먹을 뻗다가 잠시 멈추고 하늘을 올려다보기도 했고, 긴장이 되는지 가슴에 손을 올리고 가만히 있기도 했다.

바닥에 놓인 휴대전화에서 알람이 울렸다. 그 소리에 다원이 가방을 챙겨 들고 내 쪽으로 오다가 날 발견하곤 웃었다.

다시 체육관 안으로 들어 온 뒤 또 정신없이 있다 보니 어느새 글러브를 다 낀 다원은 헤드기어를 쓰며 날 불렀다.

"물이랑 수건만 좀 챙겨 줄래?"

"네."

팔을 털며 주변을 걸어 다니는 다원을 보니 마치 내가 시합에 나가는 것처럼 긴장되기 시작했다.

"다원아!"

황 관장 아저씨가 다원을 향해 손짓하며 부르자 다원이 내 어깨에 손을 올리며 말했다.

"가자."

링 쪽으로 걸어가 레드 코너 쪽에 자리를 잡고 섰다.

"이따가 라운드 끝나면 물이랑 의자 들고 와서 얼굴이랑 팔 쪽 땀 좀 닦아 줘."

그렇게 말한 다원은 돌아서 상대를 보며 크게 심호흡을 했다. 상대는 다원보다 약간 커 보였다. 팔다리도 조금 더 긴 것 같았지만, 다원이 질 것 같진 않았다.

링 가운데에 두 사람이 모여 섰다. 심판이 짧게 이야기를 하고 뒤로 빠지자 라운드 공이 울렸다. 다원과 상대는 곧바로 자세를 낮추고 서로를 노려봤다. 글러브 터치를 한 뒤, 다원은 가볍게 스텝을 밟았다. 다원이 주먹을 뻗을 때마다 긴장감에 내 몸에도 힘이 들어갔다.

다원의 주먹은 꽤 빨랐지만, 상대도 재빨리 몸을 뒤로 빼고 주먹을 피했다. 그 후로도 몇 번 더 서로 주먹을 뻗고 그 주먹을 피하는 광경이 이어졌다.

순간, 다원이 슬쩍 고개를 돌려 시간을 확인하는 듯했다.

남은 시간은 일 분. 다원의 스텝이 더 경쾌해졌다. 엄청난 속도로 상대의 얼굴에 잽을 날리고 뒤로 빠지기를 반복했다. 처음엔 상대도 꽤 빠르다고 생각했는데, 다원의 스텝이 한 수 위인 것 같았다. 눈앞에서 다원의 움직임을 보고 있으니 멋있다는 생각이

절로 들었다.

삐이익—!

종료 공이 울리자 괜히 긴장되어 순간 몸이 굳었다. 정신을 차리고 급하게 의자와 물을 챙겨 링 코너로 들어갔다. 숨을 몰아쉬던 다원이 크게 심호흡을 하며 의자에 앉았고, 난 목에 걸고 있던 수건으로 다원의 땀을 닦아 냈다.

"물, 물 좀 줄래."

물병 뚜껑을 열어 다원에게 건넸다. 다원은 글러브 낀 두 손으로 물병을 잡고 한 모금 마시더니 다시 내 쪽으로 내밀었다.

"어때 보여?"

"조금씩 맞는 것 같은데요?"

"제대로 들어가는 것 같지?"

"네, 곧 끝낼 수 있을 것 같아요."

내 말을 들은 다원이 웃었다.

"세컨드, 아웃!"

"잘하고 올게!"

내가 밖으로 나오자 곧 2라운드가 시작됐다. 다원은 1라운드보다 더 빨라진 것 같았다. 계속 링 사이드를 돌며 순간적으로 상대에게 붙었다 빠지기를 반복했는데, 그럴 때마다 상대의 고개가 크게 움직이는 게 보였다.

경기가 진행될수록 내가 마치 다원과 같이 싸우고 있는 것 같앉다. 다원이 주먹을 뻗을 땐 나도 주먹을 꽉 쥐어 어깨에 힘이 들어갔고, 상대가 주먹을 휘두를 땐 공격을 피하듯이 고개를 이리저리 움직였다.

두 번째 라운드가 끝나고 링 안으로 들어가는데 이마에서 흐른 땀이 바닥에 뚝 떨어졌다.

"하아, 하아."

의자에 앉은 다원은 1라운드 때보다 호흡이 올라와 있었다.

"하아, 끝내려 했는데 안 쓰러지네."

다원이 답답한 듯 말했다.

"지금처럼 하면 될 것 같아요. 저 사람, 아까보다 발이 많이 느려졌어요."

"그치? 하아."

"표정도 안 좋아 보이고요. 너무 깊게 들어가기보다는 지금처럼 사이드 돌면서 치는 게 나아 보여요."

"그래."

미소를 지으며 대답한 다원이 날 빤히 보더니 물었다.

"무슨 땀을 그렇게 흘려?"

"긴장이 돼서……."

"너도 땀 좀 닦아."

다원은 글러브로 내 이마를 쓱 훔친 뒤 물을 가리켰고, 난 수건으로 땀을 닦으며 다원에게 물을 건넸다.

다원이 물을 마시는 동안 상대 쪽을 살펴보았다. 다원도 호흡이 가빠졌지만 상대의 어깨가 훨씬 심하게 들썩거리는 것처럼 보인다.

"세컨드, 아웃!"

일어서는 다원을 보며 의자를 집어 들자 다원이 내 어깨를 툭 치며 말했다.

"고맙다."

"파, 파이팅!"

나도 모르게 주먹을 불끈 쥐어 보였다. 다원은 픽 웃으며 고개를 끄덕였고, 난 그 모습을 되새기며 링 밖으로 나왔다. 드디어 마지막 라운드다.

다원은 내가 이야기한 것처럼 링 사이드로 스텝을 밟으며 틈이 날 때마다 상대의 안쪽으로 파고들었다. 이제 상대는 다원의 속도를 전혀 따라가지 못하고 있다. 이대로라면 이번 라운드에 끝날지도 모르겠다. 중간중간 상대와 거리가 멀어지면 다원은 호흡 조절을 하려는 듯 크게 심호흡을 했다.

순간, 다원과 눈이 마주쳤다.

"파이팅!"

다시 한번 다원을 향해 크게 소리 질렀다. 살짝 고개를 끄덕이는 것 같던 다원이 재빠르게 상대의 안쪽으로 파고들었다. 그러자 상대가 주먹을 뻗었고, 다원은 아래쪽으로 고개를 숙여 피했다. 하지만 곧이어 상대의 팔꿈치가 다원의 머리를 가격해 다원은 앞으로 고꾸라지며 쓰러지고 말았다.

"다운!"

"아!"

저절로 탄식이 나왔다. 다원의 상태를 살피던 심판이 카운트를 세지도 않고 다급하게 손을 휘저었다. 그러곤 갑자기 크게 소리를 쳤다.

"닥터! 닥터!"

어디에 있었던 건지 모를 하얀 가운을 걸친 사람이 링 안으로 뛰어들었고, 이내 다원의 주변으로 사람들이 모여들기 시작했다.

"헤드기어부터 벗겨. 구급차 어딨어?"

나도 빨리 다원에게 가 봐야겠다고 생각했지만, 몸이 움직이지 않았다.

"빨리 목부터 고정시켜. 뭐 해?"

"아, 어떡하냐. 아, 이거……."

"얼른 구급차로 옮겨요!"

"지금 그러고 있잖아요!"

"어떻게 하죠?"

"어서 장내부터 진정시켜."

"다음 경기는 취소시킬까요?"

"지금 그게 문제야?!"

분주하게 움직이는 사람들. 여기저기서 들리는 웅성거림. 모든 게 현실이 아닌 것만 같다.

곧 내 머릿속도 하얗게, 그대로 멈춰 버렸다.

병원 의자에 앉아 멍하니 바닥만 보고 있었다. 분명 깨어 있는데, 마치 꿈 같다.

다원이 구급차에 실려 간 후, 누군가와 함께 병원으로 왔다. 그게 누구였는지, 뭘 타고 왔는지조차 기억나지 않는다. 응급실에 있던 다원은 다른 병실로 옮겨졌고, 나도 다원을 따라 병실 앞 의자로 자리를 옮겼지만 여전히 정신이 차려지질 않는다. 다원이 어떤 상태인지, 이젠 괜찮은 건지 누구도 말해 주지 않는다.

고개를 드니 황 관장 아저씨가 멀찍이 놓인 의자에 앉아 있는 모습이 보였다. 누군가와 통화를 하는 듯했다.

"아니, 잠깐 얼굴만 보고 나온다니까요?"

뒤에서 큰 소리가 들려 고개를 돌렸다.

"여기서 소란 피우시면 안 됩니다. 목소리도 좀 낮추시고요."

"그러니까 들여보내 주면 조용히 보고 나온다니까? 자꾸 막으니까 내가 소리를 치는 거 아니야!"

정장을 입은 남자가 간호사와 옥신각신하고 있었다.

"지금은 환자가 안정을 취해야 하니까 나중에 면회 신청하고 와 주세요."

"씨팔, 진짜. 언제 가서 신청하고 언제까지 기다립니까? 예? 잠깐 얼굴만 보고 바로 나온다고요. 보기만 하겠다는데 안정을 못 할 것도 없잖아."

"안 된다니까요."

"와, 씨."

남자가 입고 있던 정장 재킷을 벗었다. 그러자 몸에 딱 붙는 하얀색 반소매 티셔츠와 문신으로 뒤덮인 팔이 드러났다.

"지금 나도 급하다고요. 어떤 상태인지 잠깐만 보겠다니까."

"그러니까, 다음에 와서 면회 신청해 주세요."

그 말을 들은 남자는 크게 한숨을 내쉬었다. 당장이라도 뭔가 일을 저지를 것 같았다.

"자, 자, 이쪽으로 오세요."

그 모습을 지켜보던 다른 간호사가 남자를 향해 손짓했다.

"여기 환자들 모두 안정이 필요해요. 선생님이 면회하시려는 분도 안정이 필요해서 여기 계신 겁니다. 그러니 소란 피우시면 그분께도 안 좋아요. 진정하시고 일단 이쪽으로 와 보세요."

그러자 남자는 입을 다물고 코로 거칠게 숨을 쉬더니 간호사 쪽으로 갔다.

남자와 간호사의 뒷모습을 멍하니 보고 있으니 주머니에서 진동이 느껴졌다. 엄마였다. 기계적으로 통화 버튼을 터치하고 귀에 휴대전화를 가져다 댔다.

"너 어디야?"

엄마는 목소리 톤이 상당히 올라가 있었다.

"병원."

"뭐? 병원? 왜? 어디 다쳤어? 무슨 일인데?"

"병원이라고?!"

전화기 너머에서 아빠 목소리가 작게 들리더니 곧 전화를 넘겨받은 아빠가 다급하게 말을 이었다.

"어디 다쳤어?"

"아니."

"그럼 이 시간에 병원에 왜 가 있어?"

말이 입 밖으로 나오지 않아 가만히 있었다.

"어느 병원이야?"

고개를 들어 주변을 살폈다. 그러고 보니 여기가 어디에 있는 병원인지는커녕 이름조차 모른다.

"모르겠어."

"정신 차려. 무슨 일이야? 일단 거기 어딘지 빨리 말해 봐. 옆에 누구 없어?"

조금 전까지 통화를 하던 황 관장님이 어느새 전화를 끊고 날 보고 있었다. 황 관장님에게 천천히 다가가 물었다.

"여기 무슨 병원이에요?"

황 관장님은 병원 이름을 알려 줬고, 난 그대로 아빠에게 전했다. 아빠는 곧 가겠다며 전화를 끊었다.

"괜찮니?"

"네."

황 관장님이 내 손을 잡고 자기 옆자리에 앉혔다.

"예빈이도 왔고 나도 계속 있을 테니까, 일단 넌 집으로 가. 집이 어디야?"

홀린 듯 집 주소를 말하자 황 관장님은 주머니를 뒤적이더니 지갑에서 만 원짜리 몇 장을 꺼내 내게 쥐여 줬다.

"이걸로 택시 타고 가."

"네."

대답은 했지만 발이 떨어지지 않았다.

"호흡이랑 맥박은 돌아왔다니까, 의식만 찾으면 괜찮을 거야. 집 가서 쉬고 있어."

그 말을 듣고도 한참을 멍하니 서 있다가 천천히 몸을 돌려 병원을 나왔다. 하지만 뭘 어떻게 해야 할지 모르겠다. 집으로 가야 하나. 여기가 어디랬더라. 아까 아빠가 뭐라고 했지? 택시를 타고 오랬던가. 이 돈으로 택시를 타고 가면 되는 건가.

어떤 생각도 오래 할 수가 없었다. 필름이 끊기듯 생각이 이어지지 않고 딱딱 끊어지는 느낌이다. 내가 할 수 있는 건 가만히 병원 앞에 서 있는 게 전부였다.

얼마나 그러고 있었는지 모르겠다.

"하준아!"

누군가가 내 이름을 부르는 것 같아 고개를 돌렸다. 아빠가 내 쪽으로 뛰어오는 게 보였다.

"무슨 일이야? 어디 아파? 다쳤어?"

"아니."

아빠는 내 이마에 손을 대 보고는 고개를 이리저리 움직이며 날 살펴봤다.

"우선 집에 가자."

아빠 손에 이끌려 차에 올랐다. 차가 달리는 동안에도 그저 멍하니 있었다. 아빠가 이것저것 물어본 것 같았지만, 아무 말도 입 밖으로 나오지 않았다.

집으로 돌아오니 동생과 거실 소파에 앉아 있던 엄마가 내게 달려왔다.

"무슨 일이야? 괜찮아?"

"응."

아빠와 엄마가 현관 앞에서 이야기를 하는 동안 조용히 방으로 들어왔다. 갑자기 피곤이 몰려와 옷도 갈아입지 않고 침대에 누워 눈을 감았다.

"하준아, 오늘 무슨 일 있었어?"

어느새 곁에 왔는지 엄마의 목소리가 들렸다. 대답을 하기 싫다거나 아무 말도 하고 싶지 않은 건 아니었다. 오히려 무슨 일이 벌어졌는지 이야기하고 싶은 마음이 더 컸다. 하지만 이상하게 입이 떨어지지 않았다.

"말하기 싫어?"

질문이 이어졌지만 여전히 말이 나오지 않았다. 꼼짝할 수가 없었다. 엄마를 향해 고개를 돌리는 것도, 눈을 뜨고 엄마를 보는 것도, 아무것도 할 수 없었다.

엄마의 긴 한숨 소리와 잠깐의 정적이 지나간 후, 방을 나가는 발소리가 들렸다. 다시 피로가 밀려와서 얼른 잠들고 싶어졌다. 아니, 정확히는 편안해지고 싶었다.

점차 몸이 나른해졌다. 팔다리 힘은 쭉쭉 빠지는데 이상하게도 어딘가로 가 버리고 싶은 마음이 점점 커졌다. 이불을 머리끝까지 뒤집어쓴 채 길게 심호흡을 했다. 서서히 생각이 사라져 갔다.

8

 습관 때문인지, 어제 일찍 잠들었기 때문인지 날이 밝기도 전에 저절로 눈이 떠졌다. 몸이 너무나 무겁게 느껴졌고, 이불에서 나가고 싶지 않았다.

 한참을 눈만 깜빡이며 누워 있었더니 창밖이 조금씩 밝아졌고, 엄마가 방으로 들어왔다. 엄마는 학교에서 무슨 일이 있었냐며 계속 이것저것 물어봤다. 하지만 여전히 내 입에선 아무 말도 나오지 않았다.

 시간이 흘러 등교할 시간이 되었지만, 나는 그저 가만히 있었다. 동생이 학교에 간 후에도 꼼짝 않고 계속 누워만 있었다. 엄마도 나와서 밥 먹으라고 부른 것 외에는 내게 더 말을 걸지 않았다. 아침부터 휴대전화가 끊임없이 울렸지만 확인할 생각도 들지 않았다.

엄마에게 이끌려 점심을 먹고 나서도 멍하니 식탁에 앉아 있다가 옷만 갈아입고 밖으로 나왔다. 어디로 가야 할지 몰라 무작정 걷다가 나도 모르게 달리기 시작했다. 목적지도 없이, 아무 생각도 없이 그냥 계속 달렸다.

한참을 달리다 보니 어느새 체육관 건물 앞이었다. 크게 숨을 골라 호흡이 어느 정도 돌아오고 난 뒤, 건물 입구를 바라보다 그 옆에 쪼그려 앉았다. 휴대전화를 꺼내 부재중 전화와 메시지를 확인했다. 선생님과 희윤에게서 연락이 잔뜩 와 있었다.

그대로 그 자리에 덩그러니 앉아 있었다. 교복도 입지 않은 데다 점심시간이 한참 지나 학교로 가고 싶지도 않았고, 집으로 돌아갈 생각도 없었다. 결국 천천히 몸을 일으켜 계단을 올랐다.

그런데 항상 열려 있던 철문이 굳게 닫혀 있었고, 문에는 종이가 붙어 있었다.

개인 사정으로 일주일간 쉽니다.

아무래도 다원의 일 때문에 잠시 문을 닫은 것 같다. 아무 생각 없이 손잡이를 잡고 돌리자, 당연히 잠겨 있을 줄 알았던 문이 열렸다. 혹시나 하며 안쪽 유리문을 슬쩍 밀었더니 그대로 열렸다. 아무도 없는 조용한 체육관으로 들어갔다. 체육관의 풍경은 어제와 달라진 게 없어 보였다.

체육관 안을 한 바퀴 돌아보고 탈의실로 들어갔다. 한쪽 벽면을 채운 개인 사물함들을 쭉 보는데 '문다원'이라는 세 글자가 눈에 띄었다. 나도 모르게 다원의 사물함 앞으로 다가갔다. 사물함 손잡이를 돌려 보자 이번에도 그냥 열렸다.

땀 냄새와 섬유 유연제 향이 섞여 묘한 냄새가 나는 사물함 안에는 트레이닝복과 훈련 때 입은 것 같은 티셔츠, 바지, 글러브가 들어 있었고, 한쪽에 가방과 모자도 있었다.

문을 닫으려는데 문 안쪽에 붙은 사진이 보였다. 다원이 자신과 비슷한 또래로 보이는 여자와 어깨동무를 한 채 활짝 웃고 있는 사진이었다. 그 아래로 젊은 남녀가 다정하게 앉아 있는, 꽤 오래돼 보이는 사진도 있었다.

사물함 문을 닫고 탈의실 구석의 조그만 소파에 앉았다. 자연스레 여기 누워 자고 있던 다원이 떠올랐다. 링 위에서 빠르게 움직이던 모습, 차에서 함께 이야기했던 것, 미트를 잡아 주며 건네던 말들, 링 위에서 쓰러지기 직전에 나를 보던 얼굴도 차례차례.

이야기가 하고 싶다. 다원과 좀 더 많은 이야기를 하고 싶다. 그리고 다원에 관해서 누군가와 이야기를 나누고 싶다. 하지만 다원은 병원에 누워 있고, 내 주변엔 다원에 대해 이야기를 할 수 있는 사람도 없다.

사실 난 다원을 잘 알지도 못한다. 복싱을 잘한다는 것, 항상 밝고 유쾌한 사람이라는 것, 운동을 열심히 한다는 것, 경차를 타고 다닌다는 것, 그리고 링 위에서 엄청 멋있다는 것······. 내가 알고 있는 건 그게 전부다.

물론 다원이 시합할 때 보여 준 모습만 가지고도 얼마든지 이야기할 수 있다. 관장님이 다원을 두고 대한민국 복싱의 미래라고 했던 게 괜한 말이 아닌 것 같았으니까. 쓰러지기 직전에도 다원은 상대의 주먹을 피하며······ 팔꿈치······.

다원이 상대의 팔꿈치에 맞았던 게 떠올랐다. 그렇다. 그건 반칙이었다. 상대의 반칙 때문에 다원은 쓰러졌다. 왜 이게 이제야 생각났을까.

"진짜 유도리가 없다니까요."

문이 열리는 소리에 이어 두 남자의 대화 소리가 들렸다.

"그래서 오늘 또 휴무 쓰고 갔잖아요, 씨팔."

"알았어, 알았다고."

"그런데 원래 체육관 문을 이렇게 열어 놓고 다녀요?"

"훔쳐갈 것도 없는데, 뭐."

급하게 탈의실에서 나오자 입구 쪽에서 뭔가를 정리하는 관장님과 정장 차림을 한 남자의 뒷모습이 보였다.

"어? 하준이 왔어?"

관장님의 말에 뒤를 돌아보는 남자의 얼굴이 낯익었다.

"거봐요. 문을 열어 놓고 다니면 누가 꼭 들어온다니까."

남자가 날 노려보며 말했다. 어제 병원에서 소란을 피우던 남

자. 양쪽 팔이 문신으로 가득 찬, 깡패 같은 그 남자였다.

"많이 놀랐지?"

관장님이 기운 없는 얼굴로 내게 다가오며 물었다.

"내가 갔어야 했는데, 괜한 부탁을 해서……. 미안하다. 황 관장한테 얘기 들었어. 병원에서 늦게까지 있다가 갔다며?"

"네."

어느새 정장 차림의 남자도 내 앞에 서 있었다.

"너냐?"

남자가 날 빤히 쳐다보며 말을 이었다.

"다원이 시합 따라가고 병원까지 갔다는 게 너야? 애가 그렇게 될 때 뭐했어? 어?"

"야, 야, 도와준 애한테 뭐 하는 거야, 지금?"

갑자기 소리를 지르는 남자를 향해 관장님이 더 크게 소리를 쳤다.

"최민기, 너 그냥 가, 인마!"

관장님의 화난 얼굴은 처음 본다.

"아니, 그게 아니라…….."

"됐으니까 가!"

"에이, 씨팔."

남자는 욕을 하며 돌아서더니 문 앞에서 외쳤다.

"내일 올게요!"

"오지 마!"

남자가 나가자 관장님이 내 팔을 붙들고 탈의실 안으로 들어갔다. 그러곤 소파에 날 앉히더니 그 옆에 털썩 앉았다.

"쟤 신경 쓰지 마."

"어제 병원에서도 봤어요, 저 사람."

"아, 그래, 병원에 갔다 왔다고 하더라."

"다원이 형이 괜찮은지 얼굴을 꼭 봐야겠다면서 소란을……."

"안 봐도 상상이 간다."

관장님은 어이가 없다는 듯 고개를 절레절레 흔들었다.

"쟤도 마음이 아파서 그래. 중학교 때부터 다원이랑 아주 친했거든."

의외다. 다원이 저런 깡패 같은 사람과 친하다니.

"둘이 같이 체육관에 왔어. 복싱을 배우고 싶다면서."

관장님은 크게 한숨을 뱉고선 말없이 한 곳만 빤히 쳐다봤다.

"아직 그대로예요? 어제는 의식만 돌아오면 된다고……."

"아, 아직 의식이 없는가 보더라."

"팔꿈치요!"

그 말에 관장님이 날 쳐다봤다.

"다원이 형, 쓰러진 거 팔꿈치였어요."

"팔꿈치?"

"네. 상대 선수 팔꿈치에 맞고 쓰러졌어요. 분명히 봤어요!"

"그랬어?"

관장님은 의외로 담담했다.

"상대 라이트 보고 아래쪽으로 숙이면서 피했는데, 그때 팔꿈치가 들어가서 그거 맞고 그대로 쓰러졌어요."

별일 아니라는 듯 관장님이 고개를 끄덕였다.

"확실해요. 그 반칙만 아니었으면……."

"부정맥이래."

"네?"

"다원이 말이야. 부정맥이 있었어. 본인도 몰랐던 것 같지만, 그게 하필 시합 중에 문제가 돼서 심정지까지 온 것 같더라."

"아……."

"시합 영상은 황 관장한테 있으니까, 한번 볼게."

관장님은 잠시 뭔가를 생각하는 것 같더니 자리에서 일어났다.

"운동할 거면 하고 가. 문은 열어 둘 테니까, 언제든 와서 운동해."

그러곤 잠시 후 가방 하나를 들고 체육관을 나갔다.

텅 빈 체육관에서 운동하고 싶은 맘이 들지 않았다. 괜히 탈의실을 한 번 더 둘러보고 밖으로 나왔다. 정확히는 모르지만, 부정맥이라면 심장에 문제가 있었다는 건가. 팔꿈치로 머리를 맞아서 의식이 없는 게 아닌 건가. 그렇지만 분명히 팔꿈치에 맞았다.

어느새 해가 저물고 있었다. 또다시 어디로 가야 할지 몰라 무턱대고 천천히 걷기 시작했다. 걷는 동안에도 머리가 복잡해 힘들다는 생각조차 들지 않았다.

그렇게 계속 걷다 보니 어느새 아파트 단지였다. 다른 곳으로 가는 것도 엄두가 나지 않아, 집으로 올라가 현관문을 열었다. 그런데 문이 닫히기도 전에 아빠가 다가왔다.

"송하준, 이리 와 봐."

별로 이야기하고 싶지 않았지만 피할 방법이 없어 아빠를 따라 내 방으로 들어갔다. 아빠는 책상 의자에 앉아 말을 시작했다.

"너 요즘 무슨 일 있어?"

"아니."

"월요일 오후에 수업 빠졌다며? 그러곤 갑자기 병원에 가 있었고. 무슨 일이 있었던 거야?"

"별거 아니야."

"그러니까, 그 별거 아닌 게 무슨 일이었냐고 묻는 거야."

"왜 물어보는 건데?"

"그럼 학교고 학원이고 다 빠지고 거기 있었는데 가만히 있게 생겼어? 어?"

"아무것도 아니야."

"아무것도 아닌데 왜 말을 안 하냐고!"

아빠의 목소리가 커져 간다. 내가 무슨 말을 해도 좋은 얘기가 나오지 않을 게 뻔하다. 애초에 사실대로 이야기하고 싶은 마음도 없고, 내가 잘못한 것도 없는데 괜히 싫은 소리를 듣고 싶지도 않다. 인간은 언제나 자기 하고 싶은 말만 하니까, 아빠도 지금 날 혼내고 싶은 것뿐이겠지.

"알겠어. 이제 학교 안 빠질 거야. 그럼 됐잖아."

아빠는 길게 한숨을 쉬었다.

"너, 아빠도 그렇고, 엄마도 현준이 때문에 얼마나……."

아빠는 말을 하려다 멈추고 고개를 숙이더니 작게 가로저었다.

"이제 안 그런다고 했잖아."

"그 정도 나이가 됐으면 집안 상황이 어떤지 다 알잖아. 지금 집 분위기가 좋은지 나쁜지, 그럴 때 내가 어떻게 해야 하는지 정도는 생각해야 할 거 아니야."

"생각하고 있어."

"그럼 엄마 아빠가 걱정 안 하게 똑바로 해야지. 고등학교 들어갔다고 아무하고나 막 어울리지 말고, 복싱도 이제 그만하고. 공부 열심히 해서……."

"그만해. 자꾸 그러면 더 하기 싫어지니까. 내가 다 알아서 하고 있으니까 아무것도 모르면서 이래라저래라 하지 마."

"하준아, 좀! 왜 그러는 거야, 도대체!"

"엄마아아아!"

아빠가 큰소리를 내는 순간, 동생이 기다렸다는 듯 소리를 지르기 시작했다. 아빠는 고개를 돌려 방문 쪽을 보더니 짧게 한숨을 뱉었다.

"가서 현준이 봐."

"송하준! 이리 와!"

"나 씻을 거야."

아빠는 계속해서 내게 이리 오라며 소리쳤지만, 그대로 욕실로 향했다. 동생의 방에선 엄마와 동생이 이야기하는 소리가 들렸다. 모든 게 엉망진창이다. 더 늦게 들어올 걸 그랬다. 집에 오는 게 아니었는데.

샤워기를 틀고 물을 맞으며 가만히 서 있었다. 아무것도 생각하고 싶지 않다. 아무것도.

9

늘 그랬던 것처럼 아침 일찍 체육관으로 향했다. 어제 일 이후로 더더욱 집에 있고 싶지 않아졌다. 아마 체육관엔 아무도 없을 것이다. 인간이 하나도 없는 공간이라니. 그보다 더 좋은 곳이 어디 있을까.

내려야 하는 정거장보다 전에 내려 달리기 시작했다. 어차피 열심히 운동하고 싶지 않으니 그냥 버스로 체육관까지 가서 시간을 보내다가 학교로 갈까 생각도 했다. 하지만 러닝을 하지 않으면 어쩐지 잘못을 하는 것 같아 그럴 수가 없었다.

바람을 맞으니 하루하루 기온이 조금씩이나마 올라가는 게 느껴진다. 아직 덥다고 할 정도는 아니지만, 언제 갑자기 뜨거워져도 이상하지 않을 것 같다.

체육관 앞에서 잠시 숨을 고르고 안으로 들어갔다. 어제만 해도 닫혀 있던 철문이 열려 있고, 유리문 너머로 전등이 켜져 있는 게 보였다. 내가 올 거라고 예상한 건지도 모르겠다.

문을 열고 들어섰다.

"왔어?"

"아, 안녕하세요."

당연히 없을 거라고 생각했던 관장님이 웃으며 내 쪽으로 다가왔다. 뭘 하고 있었던 건지 이마에 땀이 촉촉하게 맺혀 있다.

"러닝은 충분히 하고 온 거지?"

"네."

"그래, 빨리 줄넘기부터 시작해."

탈의실에 짐을 두고 글러브를 챙겨 나와 줄넘기를 하려는데, 관장님이 내 옆에 의자를 끌어다 놓고 앉았다. 어제와는 전혀 다른 분위기다. 간밤에 무슨 일이 있었던 걸까. 다원이 드디어 의식을 차렸나?

잠들기 전, 부정맥에 대해 한참을 찾아봤다. 심장에서 전기 자극을 주는 데 문제가 생겨 심장 박동이 불규칙해지는 것인데, 그로 인해 심정지가 올 수도 있다고 했다. 다원은 하필 시합 중에 심정지가 왔던 것 같다. 심정지가 오면 산소가 뇌로 전달되지 못하는 시간이 길어져 의식불명이 되는 경우도 있다고 한다. 그렇지만 그 팔꿈치 공격은 여전히 신경이 쓰인다.

"좀 더 가볍게 뛰어, 가볍게."

관장님은 내가 줄넘기를 하는 동안 계속 한마디씩 던졌다. 그러곤 줄넘기를 마치자마자 기다렸다는 듯 일어서며 말했다.

"자, 이제 미트 좀 치자. 글러브 껴."

관장님의 지시에 따라 주먹을 뻗었다. 관장님은 평소보다 더 적극적으로 날 코칭했고, 덕분에 점점 몸에 힘이 들어갔다.

"힘 빼. 그렇게 뻣뻣해선 한 방도 못 맞춰. 자, 원투."

팡! 팡!

온 사방에 미트 치는 소리가 울렸다. 어쩐지 나와 관장님뿐인 체육관이 가득 찬 기분이 들었다. 평소와 달리 적극적이고 세심하게 코칭을 하는 관장님은 즐거워 보이기까지 했다.

한참 동안 이어진 미트 훈련이 끝나자 관장님이 내게 물을 건네며 말했다.

"자, 십 분 쉬고 바로 새도 삼 분씩 다섯 라운드 가자."

"헉, 헉, 네!"

미트 훈련만으로 이렇게 숨이 찰 수 있나 싶을 정도로 호흡이 가빠졌다. 그 후로도 관장님은 피티(PT) 선생님이라도 된 것처럼 동작을 하나하나 짚어 주었다.

몸에 힘이 다 빠져 주저앉아 쉬고 싶다는 생각이 때쯤, 관장님이 손뼉을 쳤다.

"학교 가야 하니까 오늘은 이 정도만 하자."

"예."

"어서 씻고 가."

탈의실로 가려다 관장님을 다시 돌아봤다.

"혹시 다원이 형은……."

관장님의 표정이 잠깐 굳어졌다가 미소로 바뀌었다.

"곧 괜찮아지겠지. 다원이는 끈기 있고 악착같은 놈이야. 분명히 돌아와. 걱정 마."

그 말은 아직 의식을 차리지 못했다는 거겠지.

씻고 옷을 갈아입은 뒤 밖으로 나왔다. 관장님은 심각한 얼굴로 휴대전화를 보다 날 발견하고는 웃으며 말했다.

"학교 잘 갔다 오고, 오후에도 운동할 생각 있으면 와."

"네."

"학교까지 뛰어가. 러닝은 기본 중 기본이야."

관장님께 인사를 하고 체육관을 나섰다. 아침 운동이 너무 힘들었던 탓에 달릴 엄두가 나지 않아 때마침 도착한 버스에 올랐다. 사람이 가득 찬 차 안에 서 있으니 어서 학교에 도착했으면 좋겠다는 생각이 들었다.

하지만 막상 학교에 도착하자 선생님과 반 애들을 보기가 좀 껄끄러웠다. 물론 늘 그랬듯 교실에는 아무도 없었지만.

가방에서 태블릿을 꺼내 영어 문제를 풀기 시작했다. 얼마간은 평소보다 집중이 잘되는 것 같았지만, 아이들이 등교할 시간이 가까워지자 신경이 쓰여 문제가 머리에 들어오지 않았다.

다시 한번 시간을 확인하고 책상에 엎드렸다. 친한 애도 없으니 엎드려 있는 나에게 굳이 이것저것 물어보는 일은 없을 것이다. 희윤이라면 그럴 수도 있겠지만.

문이 열리는 소리와 함께 발소리가 들리기 시작했다. 앉느라 의자를 끄는 소리가 내 앞자리에서 들렸다. 희윤이 왔나 보다. 혹시 희윤이 날 깨워 말을 건네지 않을까 했지만, 옆자리 애와 이야기를 하는지 내게는 말을 걸지 않았다. 쓸데없는 생각을 하는 동안 조금씩 졸리기 시작했다.

"자, 이제 모의고사 얼마 안 남은 것 알지?"

잠들려던 차에 선생님의 목소리를 듣고 고개를 들었다. 선생님은 첫 모의고사인 만큼 준비 잘하라는 말과 다음 주부터 전화로 학부모 면담을 진행할 거란 얘기를 했다.

시계를 본 선생님이 나가려다 말고 갑자기 날 쳐다봤다.

"하준아, 잠깐 선생님이랑 이야기 좀 할까?"

선생님을 따라 상담실로 향했다. 선생님은 내가 자리에 앉길 기다렸다가 조심스럽게 말했다.

"그저께 오후 수업 때 어디 갔었어?"

"시합이 있어서요."

"시합? 복싱?"

"네."

선생님은 예상하지 못 한 일이라는 듯 잠시 눈을 동그랗게 뜨고 있다가 말했다.
"그런 일이면 선생님한테 미리 이야기했으면 좋았을 텐데. 시합은 잘했어? 어디 다치진 않았고?"
내 시합이 아니었고 시합을 뛴 사람은 다쳐서 병원에 있다는 등 할 이야기는 많았지만, 굳이 말하고 싶지 않아 그냥 고개만 끄덕였다.
"그래, 그래서 어젠 몸이 안 좋다고 연락이 온 거였구나."
엄마나 아빠가 미리 학교에 이야기를 했나 보다. 하긴, 그러니까 학교 가란 말을 한마디도 안 했던 거겠지.
"다음부터는 그런 일 있으면 먼저 선생님한테 알려 줘. 무슨 일 생긴 줄 알고 걱정했었어. 시합 나간다고 부모님께도 이야기 안 했어?"
"네."
"그랬구나. 어쩐지 학교 빠진 걸 전혀 모르고 계시더라. 부모님도 걱정 많이 하셨어. 혹시 하준이가 운동하는 거, 집에서 싫어하시니?"
"조금요."
고등학교 입학 전까지는 관심도 없더니 최근 자꾸 그만두란 말을 꺼내긴 한다. 하지만 그런 얘기까지 다 할 필요는 없다.
"하준이는 운동으로 대학을 가거나 운동선수를 해 보고 싶다는 생각도 있니?"

"아니요."

"음, 그래. 1교시 시작하겠다. 오늘 수업 잘 듣고, 앞으로는 무슨 일 생기면 선생님한테 꼭 얘기해."

"네."

자리로 돌아와 앉으니 곧 수학 선생님이 들어왔다. 누가 말을 걸지도 않았겠지만, 반 애들이 내게 관심 보일 틈 없이 바로 수업이 시작돼 다행이란 생각이 들었다.

아침 운동이 너무 과했던 탓인지 끊임없이 졸음이 쏟아졌다. 덕분에 쉬는 시간마다 엎드려 자기만 했다. 점심시간에도 계속 엎드려 있다가 얼른 밥을 먹고 또 잠들었다. 그런 덕분에 오후 수업은 그다지 졸리지 않았다.

종례까지 다 끝났는데도 다들 집에 가느라 바빠서인지 말을 걸어오지 않았다. 하긴, 그전에도 내게 말을 거는 건 희윤뿐이긴 했다. 어쨌든 아무도 내게 관심을 가지지 않는 거야말로 내가 원하는 거다.

가방을 챙겨 일어나 교실 밖으로 나오자 어디에 있었던 건지 갑자기 희윤이 튀어나왔다.

"학원으로 바로 갈 거지? 같이 가자."

올 게 왔다는 느낌이 들었다. 어쩌면, 기다리고 있었던 것 같기도 하다.

운동장을 가로질러 교문을 나섰다. 희윤은 아무 말도 하지 않다가 학원 건물 앞에 도착해서야 시계를 확인하고 말을 꺼냈다.

"수업 시작까지 아직 삼십 분 남았는데, 잠깐만 앉아 있다가 들어갈까?"

"그래."

괜히 긴장됐다. 앞장서서 걸어가는 희윤의 뒤를 따라 골목 안 편의점 쪽으로 갔다.

우리는 편의점 앞 놀이터 벤치에 자리를 잡았다. 얼마 전 지훈이란 녀석과 실랑이를 했던 곳이라 그런지 그날의 다원 형이 떠올랐다.

"월요일에 너 일찍 갔었잖아. 어디 갔었어?"

순간 여러 가지 생각이 들었다. 갑자기 이걸 왜 묻지? 어떤 의도가 있는 건가? 아니면 반장이라서 그런가. 그날 오후에 학교에서 무슨 일이 있었나? 별생각이 다 들었다.

"그날 복싱 시합이 있어서 잠깐 갔었어."

그러자 희윤이 고개를 끄덕거렸다. 그러곤 또 얼마간 말이 없다가 입을 뗐다.

"어떻게 됐어?"

"어? 아, 그냥."

희윤이 날 똑바로 쳐다보고 있어서 잠시 말문이 막혔지만, 곧 있는 그대로 털어놓았다.

"내 시합은 아니었어. 같은 체육관 다니는 형이 나간 시합이라,

가서 도와주기만 했어."

"그래서 어떻게 됐어?"

희윤은 마치 알고 있었다는 듯 동요 없이 되물었다.

"그 형이 쓰러져서 중간에 끝났어."

"얼마나 다쳤는데?"

"아직 병원에 있는데, 나도 정확히는 모르겠어."

"그렇구나."

희윤이 살짝 인상을 찌푸리고 고개를 끄덕거렸다. 그러곤 무슨 생각을 하는 건지 정면만 빤히 쳐다봤다.

"아직 의식은 없는 상태지만 곧 깨어날 거래. 그거 말고는 다른 건 다 괜찮대."

무슨 말이라도 해야 할 것 같아 내가 아는 건 다 이야기했다.

"그 병원에는 가 볼 수 있어?"

"그게, 나도 잘은 몰라. 중환자실이라 하루에 두 번만 면회할 수 있는데, 미리 신청을 해야 한다고 하더라. 그래서 아직 면회는 못 해 봤어."

희윤은 다시 얼굴을 살짝 찡그리더니 고개를 끄덕거렸다.

"말해 줘서 고마워."

고맙다는 얘기를 들을 정도로 뭘 한 것 같진 않은데. 뒤에 다른 말이 더 있지 않을까 기다렸지만, 희윤은 말이 없었다.

"이제 들어가자."

벌떡 일어나 학원 쪽을 가리키는 희윤에게 물었다.
"갑자기 그런 건 왜 물어본 거야?"
"그냥, 궁금해서."
궁금하다고? 나에 대해서? 아니면 내가 뭘 했는지가?
그냥 넘어갈까 생각했지만, 사실은 나도 알고 싶었다. 뭐가 궁금하다는 건지, 이렇게 계속 물어보는 이유가 진짜 날 좋아해서인 건지. 이 의문의 답을 확인하기엔 지금이 가장 좋은 타이밍이란 생각이 들었다.
"뭐가? 시합이?"
"응, 그 뒤로 보이지도 않고 소식도 들을 수가 없어서. 그래서 궁금했어."
이건 또 무슨 소리지?
"보이질 않아?"
"응, 다원이 오빠 말이야."
"어? 다원이 형을 알아?"
"응."
희윤은 힘없이 슬쩍 웃고는 먼저 놀이터를 빠져나갔다.
상황이 쉽게 이해되지 않았다. 희윤이 다원 형을 어떻게 아는 거지? 그리고 형의 시합이 있었다는 걸 이미 알고 있었고, 그 결과가 궁금했다는 건가?
멍하니 서서 점점 멀어지는 희윤의 뒷모습을 쳐다봤다. 머리가 멈춘 것처럼 아무 생각도 들지 않아 가만히, 그렇게 서 있을 수밖에 없었다.

10

"근력 운동도 꾸준히 해야 한다. 지난번에 알려 준 거, 틈날 때마다 꾸준히 해. 집에서도 할 수 있으니까."

"네."

"자, 이쪽으로 오세요."

관장님은 일반 관원들을 부르고선 날 향해 손을 흔들었다.

다원 형의 사고 이후로 관장님은 이전보다 훨씬 더 열정적으로 변했다. 오전엔 날 붙잡고 거의 시합을 앞둔 선수 훈련시키듯 하드 트레이닝을 지시하고, 오늘 같은 주말에도 개인 트레이닝을 해 주듯이 운동시킨다. 나뿐만 아니라 다른 관원들도 적극적으로 지도하고 있다.

무슨 이유인지는 모르겠지만, 어쨌든 관장님이 바뀐 덕분에 체육관 전체 분위기도 변했다. 활기가 돌고 북적거리는 느낌도 있다. 그렇지만 동시에 어수선하기도 하고 왠지 모를 허전함도 느껴진다. 역시 다원 형의 모습이 보이지 않아서 그런 것 같다.

형은 아직 중환자실에 있다. 금방 괜찮아질 거라 믿었는데 아직도 의식이 없다고 한다. 그 후로 면회를 가 볼까 하는 생각은 매일 했지만, 어쩐지 망설여져 아직 가진 않았다.

그 뒤로 희윤이 다원 형에 대해서 묻는 일은 없었다. 형을 어떻게 아는 건지, 무슨 사이인지 궁금했지만 갑자기 물어보는 것도 이상한 것 같아 묻지 못했다.

혹시라도 다원 형 얘기가 다시 나오면 말을 꺼내려고 했는데, 그 후로는 전혀 형 얘기를 하지 않는다. 종종 쉬는 시간이나 학원을 마치고 집으로 돌아가는 길에 대화를 나누긴 했지만, 대부분 학교 이야기나 수업 이야기였다.

탈의실에서 옷을 갈아입고 나오니 관장님이 한쪽 구석에서 단정한 옷차림의 남자와 이야기를 나누고 있었다. 그냥 가려다가 인사는 해야 할 것 같아서 관장님에게 다가갔다. 그러다 남자의 얼굴을 보고 나도 모르게 걸음을 멈췄다.

"아……."

"어? 하준아, 인사해. 둘이 그날 봤지?"

"예, 안녕하세요."

남자가 내게 고개를 꾸벅이며 인사를 했다. 다원 형과 시합했던 상대. 형의 머리를 팔꿈치로 치는 반칙을 했던 그 남자였다. 일단 나도 인사했지만, 이 사람이 왜 여기에 있나 하는 생각과 함께 묘한 적대감이 생겼다.

"앉아서 이야기하지. 하준아, 저기 안쪽 방 가서 마실 거 하나 내드려. 난 여기 잠깐 보고 들어갈게."

관장님이 운동 중인 관원들을 가리키며 말했다.

남자와 함께 사무실로 향했다. 체육관 한쪽에 있는 조그만 이 공간은 평소에 들어올 일이 없는 공간이라 어색했지만, 자연스럽게 보이려 애쓰며 냉장고 문을 열었다. 마침 오렌지 주스가 보여 컵에 따르고 뒤를 돌아보니 문 앞에 어색하게 서 있는 남자가 보였다. 이십 대 중반 정도로 보이는 짧은 머리의 남자는 불안한 듯 눈동자를 이리저리 굴리며 아랫입술을 계속 씹고 있었다.

"앉으세요."

소파를 가리키자 남자가 또 고개를 꾸벅하더니 자리에 앉았다. 남자에게 주스가 담긴 컵을 건네고 이번엔 내가 사무실 문 앞에 섰다. 남자는 주스를 한 모금 마시고는 길게 한숨을 뱉더니 가만히 바닥만 보고 있었다.

"이대로 오 분 더 하고 일 분 휴식. 반복해서 다섯 라운드 하세요."

관원들을 향해 크게 외친 관장님이 사무실로 들어왔다. 그러곤 남자가 앉아 있는 맞은편 소파에 앉더니 날 보고 말했다.

"너도 앉아. 급한 일 있어?"

"아뇨."

얼른 관장님 옆자리에 앉았다. 이 남자가 왜 여기에 왔는지, 자신이 저지른 반칙에 대해 무슨 이야기를 할지 궁금했다. 어쩌면 내 얘기 때문에 관장님이 부른 건지도 모른다.

"병원에는 가 봤어?"

"네, 지금 다녀오는 길입니다. 여자 친구 분도 병원에서 만나서 이야기했어요."

관장님은 한숨을 크게 한 번 뱉고는 머리를 긁적거렸다.

"병원에 갔다 왔으면 굳이 여기까지 올 건 없는데."

"그래도, 찾아뵙고 인사드려야 할 것 같아서."

그러자 관장님이 또 길게 한숨을 쉬었다.

"죄송합니다."

남자가 고개를 숙였다.

"뭐가 죄송해. 시합 중에 일어난 사곤데. 누가 잘못해서 생긴 일도 아니잖아."

"그래도……."

남자는 자신의 얼굴을 한 번 쓸어내리고는 말을 이었다.

"원래 없었던 시합이었잖아요. 제가 저희 관장님 통해 부탁드려서 잡힌 거고, 다원이는 안 뛰었어도 되는 시합인데 괜히 저 때문에……."

"황 관장이랑 다원이가 결정한 거지. 누가 부탁한다고 시합이 무조건 잡히는 것도 아닌데, 뭐. 무엇보다 다원이가 시합을 하고 싶어 했어."

남자가 잠시 뜸을 들이다 입을 열었다.

"다원이랑 꼭 한번 시합해 보고 싶었어요. 예전에 관장님이 저희 체육관으로 스파링 하러 오셨었잖아요."

"그랬나?"

"네, 다원이랑 같이 오셨었어요."

"다원이 일 시작하기 전까진 여기저기 많이 데리고 다녔으니까."

"사실, 다원이가 제 목표였어요. 저보다 어리긴 해도 워낙 소문을 많이 들었고, 시합 영상 봐도 잘하는 게 보였거든요."

남자는 길게 한숨을 뱉었다.

"그런데 하필이면 그날 저는 손목이 아파서 스파링을 못 했어요. 그래서 다원이가 하는 걸 보기만 했었죠. 근데 링 밖에서 보고 있으려니 경쟁할 생각도 안 들더라고요. 풀 스파링은 아니긴 했지만, 확실히 잘한다 싶었거든요. 관장님께서 인 앤 아웃 주문하실 때마다 로봇처럼 움직이는 게…… 이미 저랑은 수준이 다른 게 느껴져서."

관장님은 고개만 끄덕거렸다.

"그 뒤로 다원이 시합 있다고 하면 일부러 시간 내서 찾아가서 봤는데, 보면 볼수록 레벨이 다르다고 생각했죠."

나도 느꼈다. 다원 형의 시합을 본 건 그날이 처음이었지만, 형은 확실히 달랐다. 제대로 세컨드를 봐 주는 사람도 없는데 거리를 완벽하게 잡고 차원이 다른 복싱을 하고 있었다. 쓰러지기 전까지는.

"그런데, 저희 관장님 통해서 황 관장님이 시범 경기처럼 한 경기 더 넣고 싶어 하신다고 들었어요. 그래서 이럴 때 아니면 다원이랑 링에서 볼 일은 없을 것 같아서, 꼭 한 번 링에 같이 서 보고 싶어서, 그래서 부탁드렸던 건데……."

관장님이 입을 열었다.

"알아. 운동하는 사람이면 다 그렇지. 특히 운동을 진짜 좋아하고 사랑하는 마음이 있다면, 정말 잘하는 사람이랑 한번 해 보고 싶은 마음이 있을 수밖에 없잖아. 좋은 자세야."

"솔직히 시합이 성사될 거라고 생각 못 했어요. 다원이 입장에서 참가할 이유가 없으니까. 큰돈을 주는 시합도 아니고, 제가 그렇게 이름있는 선수도 아니고, 월요일 낮에 열리는 생활 체육 대회에 다원이 같은 선수가 왜 나오겠어요."

남자의 목소리가 조금씩 떨렸다. 관장님은 몸을 앞으로 기울여 남자의 어깨를 툭툭 두드렸다.

"다원이는 그냥 복싱을 좋아했고, 시합을 하고 싶었던 것뿐이야. 그러니까 너무 생각을 깊게 하지 마. 몸은 어때? 다친 데 없어?"

"저야 뭐……."

남자가 작게 고개를 끄덕이곤 한숨을 뱉은 뒤 말을 이었다.

"다원이 주먹이 세긴 세던데요. 진짜 버티기만 하고 있었거든요. 헤드기어 쓰고 있어도 머리가 울려서⋯⋯ 그런데 지금 제가 아파할 상황도 아니고⋯⋯."

"그런 생각하지 말고, 어디 아프거나 다친 데 있으면 꼭 병원 가 봐. 부상 같은 건 그때그때 잘 치료해야지."

"네."

남자는 어색하게 슬쩍 웃고는 바닥만 가만히 쳐다봤다.

"제가 할 수 있는 건 다 하려고요. 모금 시작하신 것도 이야기 들었고, 앞으로 또 뭘 하실 거란 얘기도 들어서요."

"그건 황 관장이 예빈이한테 제안해서 하는 거라 나도 자세히는 잘 몰라. 간단히 전해 듣긴 했는데, 그땐 나도 정신이 없었거든."

말을 멈춘 관장님은 잠시 허공을 보며 한숨을 크게 뱉곤 남자의 어깨를 꽉 잡았다.

"아무튼, 너무 마음 쓰지 마. 사고니까. 솔직히 잘잘못을 따지면 네 잘못이 제일 적어."

"네?"

"그날 다원이를 시합에 보낸 내 잘못이 제일 크지. 관장이 돼 가지고 시합장에 선수만 보내는 게 말이 안 되잖아. 내가 그날따라 꿈자리가 뒤숭숭해서 뭔가 아니다 싶었는데⋯⋯. 물론 심판도, 현장에 있었던 지원 팀도 잘못이 한두 가지는 있겠지. 그리고 따지고 보면 본인 몸 상태를 제대로 몰랐던 다원이도 잘못이 없진 않아. 이렇게 잘잘못을 따지고 들어가면 잘못 없는 사람이 없어. 그저 시합 열심히 준비하고 진심으로 다원이 상대했던 너랑, 나 때문에 세컨드 보러 갔던 하준이 정도만 잘못이 없지. 그러니까 너무 마음에 담아두지 말고……."

눈을 꼭 감았다가 뜬 관장님이 말을 이었다.

"너무 힘들면 잠시 쉬어도 좋은데, 이 일로 글러브를 벗는다든지, 복싱을 그만둔다든지 그러지는 마. 다원이도 그러길 바라지 않을 거야."

어느새 남자의 어깨가 다시 떨리고 있었다. 다원 형에게 실력으로는 전혀 이길 수 없는 사람이 어떻게든 이겨 보려다 반칙을 한 것이라고 생각했는데, 남자의 진심은 내 생각과 많이 달랐다. 적어도 일부러 팔꿈치를 휘두르거나 반칙을 할 사람은 아닌 것 같다. 적대감을 가지고 있었던 게 좀 미안해졌다.

남자는 곧 소리를 내며 울기 시작했다. 괜히 나까지 눈물이 날 것 같아 눈을 꼭 감았다.

한동안 관장님이 남자의 등을 토닥이자 좀 진정이 된 듯, 남자가 크게 심호흡을 하고 일어섰다.

"그럼 가 보겠습니다."

"그래, 일부러 찾아와 줘서 고맙다."

관장님과 함께 남자를 따라 체육관 입구까지 갔다. 다시 한번 고개를 숙이고 인사하는 남자에게 관장님이 말했다.
"알지? 언제나 러닝이 기본이야. 훈련 전에도, 웜업 할 때도, 머리가 복잡할 때도, 기분이 나쁠 때도 답은 러닝이니까, 집까지 뛰어가."
"네."
남자는 어색하게 웃으며 대답하고는 체육관을 나섰다. 남자가 나간 문을 보다 돌아선 관장님이 날 쳐다봤다.
"씻고 왔어? 그럼 몸도 개운할 텐데, 한 타임 더 할까?"
어색하게 웃은 관장님은 곧 내 어깨를 툭 치며 말을 이었다.
"농담이야. 얼른 들어가."
관장님께 인사를 하고 체육관을 나섰다.
다원 형에 대해서 자꾸 생각해 보게 된다. 생각보다 많은 사람이 형을 알고 있고, 그 사람들은 모두 형을 좋아한다. 어쩌면 다원 형은 내가 그렇게 싫어하는 보통의 인간들과는 조금 다를지도 모르겠다. 잠깐이지만 형과 이야기를 나누고 같이 있었던 시간 동안, 인간들에게서 늘 보이던 단점을 전혀 보지 못했으니까.
하지만 그도 인간이다. 단점이 없을 리 없는 인간. 그래서 더 알고 싶다. 더 이야기해 보고 싶고, 운동도 같이해 보고 싶다. 같이 시합장에 가고 싶고, 형의 시합도 더 보고 싶다. 다원 형에 대해 알고 싶다. 좀 더, 제대로 알아보고 싶다.

11

 아침에 일어나면 체육관에 가서 운동을 하고 학교로 간다. 학교를 마치면 학원에 가고 학원 수업이 끝나면 집으로 가 잠을 잔다. 그런 하루가 똑같이 반복되고 있다. 아직 의식이 돌아오지 않은 다원 형을 더 알고 싶고 면회를 가고 싶은 마음도 매일 들었지만, 모의고사가 끝나면 바로 가자는 생각으로 공부와 운동에만 집중했다.

 다원 형의 시합 때 학교를 빠진 것과 그때쯤의 일들로 엄마 아빠의 잔소리가 심해진 적도 있었는데, 최근엔 다시 잠잠해졌다. 집에 있는 시간을 줄이기 위해 내가 애쓴 덕도 있겠지만, 그것보다도 역시 동생의 존재가 강력했다. 모두의 관심을 받아야만 직성이 풀리는 동생과 그런 동생을 가만히 두지 못하는 엄마 아빠 덕분에 난 어느새 평화를 되찾았다.

오늘은 첫 모의고사 날이다. 지금처럼 평온하게 지내기 위해 잘 봐야 하는, 중요한 시험이다. 최소 2등급은 받아야 엄마, 아빠, 선생님 모두 뭐라고 하지 않을 것이다. 그리고 서울권 대학교의 컴공과를 가려면 그 정도 성적은 나와야 한다.

시험지를 받고 하나씩 문제를 풀어 나갔다. 나름 열심히 공부해서인지 그다지 어렵지 않았다. 느낌이 괜찮은 걸 보니 결과도 나쁘지 않을 것 같다.

모든 시험이 끝나고 종례까지 마친 후 교실을 나섰다. 학원에서 모의고사 풀이가 있다고 했지만, 학원 대신 체육관에 가려고 한다. 문제풀이는 진도와 상관이 없기도 하고, 오랜만에 평일 오후 운동도 하고 싶고, 관장님께 다원 형에 대해서 좀 더 물어보고 싶었기 때문이다. 모의고사 문제풀이는 집에서 혼자 하고 모르는 것만 따로 학원에 가서 물어봐도 되니까.

"하준아, 같이 가자."

날 부르는 소리에 고개를 돌리니 희윤이 날 보고 있었다.

"난 체육관 갈 건데."

"학원 안 가? 체육관에 또 무슨 일 있어?"

"무슨 일이 있는 건 아니고……."

그러자 희윤이 기다렸다는 듯 말을 덧붙였다.

"그럼 나 체육관 따라가도 돼?"

상상도 해 보지 않은 일이라 당황스럽긴 했지만 아무렇지 않은 척 대답했다.

"괜찮지. 그런데 가도 별로 할 게 없을 텐데. 관장님이 귀찮게 할지도 모르고."

"관장님이 왜?"

"막 운동하라고 그럴 수도 있으니까."

"그래? 한 번도 안 그러던데."

"어? 우리 체육관 와 봤어?"

"응, 두세 번 정도?"

"왜?"

"그냥."

희윤은 그렇게 말하곤 쓰게 웃었다. 더 캐묻긴 그래서 고개만 끄덕였다.

버스를 타고 학원 앞에서 내려, 체육관 쪽을 가리키며 희윤에게 다시 물었다.

"진짜 갈 거야?"

"응, 가자."

분명 희윤과 함께 체육관에 가면 관장님이 이것저것 캐물어볼 게 뻔하다. 평소라면 그런 상황이 너무나 싫어 같이 가지 않았겠지만, 체육관에서 희윤과 함께 있는 것도 나쁘지 않은 것 같아 굳이 거절하지 않았다.

앞장서서 체육관이 있는 건물로 들어갔다. 관장님이 또 이상한

오지랖을 부린답시고 소란을 피우지만 않으면 좋겠다고 생각하며 문 앞에서 고개를 돌려 희윤을 쳐다봤다. 희윤은 멍하니 있다가 나와 눈이 마주치자 씩 웃었다.

문을 열고 체육관 안으로 들어서니 개인 운동 중인 사람들 서너 명과 링에 걸터앉아 휴대전화를 보고 있는 관장님의 모습이 보였다.

"안녕하세요."

관장님을 향해 인사하자 관장님이 웃으며 다가왔다.

"시험은 잘 쳤어?"

"네."

"안녕하세요."

"어, 어? 어디서 봤더라? 다원이 친구였나?"

"맞아요."

다원 형 친구라고? 희윤이?

"넌 어서 몸 풀어."

관장님은 내 어깨를 툭 치더니 날 한쪽으로 슬쩍 떠밀곤 희윤을 보며 어색하게 말을 이었다.

"다원이 지금 없는데."

"알고 있어요."

"알고 온 거구나. 병원 갔다 왔어?"

"아뇨, 못 가 봤어요."

관장님은 날 전혀 신경 쓰지 않고 희윤과 아무렇지 않게 대화를 나눴다. 이건 또 무슨 상황인가 싶었지만, 일단 두 사람 옆에 가만히 서 있었다.

"그래, 그런데 오늘은 무슨 일로 왔어?"

"하준이 따라왔어요."

관장님이 그제야 내게 시선을 돌렸다. 그러곤 다시 희윤과 날 번갈아 보더니 고개를 갸웃거렸다.

"둘이 아는 사이야?"

"네, 같은 반이에요."

"아, 그래? 이야, 세상 참 좁네."

반가운 듯 웃는 관장님을 보며 희윤도 미소를 지었다. 체육관에 두세 번 와 본 것 치곤 관장님과 꽤 가까워 보였다.

"그래, 그랬구나……. 좀 보다 갈래?"

"네."

관장님은 고개를 끄덕이더니 갑자기 날 돌아봤다.

"뭐 해? 얼른 가서 몸 풀라니까."

"아, 네."

탈의실로 들어가 옷을 갈아입고 나왔다. 희윤은 체육관 벽면에 붙은 사진과 홍보물을 보고 있었고, 관장님은 그런 희윤 옆에서 웃으며 이야기하는 중이었다. 조용히 구석 웜업 존으로 가서 줄넘기를 시작했다.

리듬을 타면서 가볍게 줄넘기를 하는 중에도 희윤과 관장님에게서 시선을 뗄 수 없었다. 이번엔 희윤이 관장님에게 말을 걸었고, 관장님이 고개를 끄덕이며 대답하는 모습이 보였다. 두 사람이 무슨 대화를 하는지는 들리지 않았다. 하지만 화기애애한 분위기라는 건 알 수 있었다.

두 사람이 저렇게 할 이야기가 뭐가 있을까. 그보다 형과 희윤은 어떤 관계였길래 관장님까지 희윤을 알고 있는 걸까. 날 따라 체육관에 가겠다고 해 놓고, 희윤은 정작 운동을 시작한 내 쪽으로는 눈길 한 번 주지 않고 있다.

한참 후에야 희윤이 내 쪽을 돌아보고 손을 흔들었다. 그러곤 관장님께 인사하더니 체육관을 나가 버렸다. 관장님은 곧바로 내 쪽으로 다가와 시계를 보며 말했다.

"이 정도면 몸 풀렸지? 섀도 이 분씩 다섯 라운드 하고 미트 치자."

줄넘기를 멈추고 관장님이 지시하는 대로 운동을 시작했다. 아까까지만 해도 온갖 생각으로 머릿속이 가득했지만, 운동을 계속 할수록 그저 힘들다는 생각만 들었다. 숨을 조금 돌릴 만하면 관장님이 다음 운동을 지시했고, 또 조금만 다른 생각을 하려 하면 자세와 템포, 속도를 지적하며 강도를 높였다. 보통 평일엔 오전, 오후 두 번 운동하는 경우가 거의 없어서인지 몇 배나 더 힘들고 몸이 무겁게 느껴졌다.

"오늘은 이 정도만 할까?"

"……네."

겨우 숨을 고르며 대답했다. 관장님은 뭐가 그리 만족스러운지 웃으며 여기저기 흩어져 운동하고 있던 사람들에게 다시 다가가 자세를 하나하나 지적하기 시작했다.

"골반, 골반! 발목이 바깥으로 돌아가 있으면 안 된다니까!"

그 모습을 보다가 그대로 바닥에 누웠다. 정확히는 쓰러졌다에 가까울 것이다. 옷은 이미 땀으로 다 젖었고, 가만히 있어도 계속 땀이 흐르는 게 느껴졌다. 얼른 씻어야겠다고 생각하면서도 쉽사리 몸이 일으켜지질 않았다.

발소리가 들리더니 관장님의 얼굴이 불쑥 시야에 들어왔다.

"겨우 그거 하고 힘들어?"

겨우 그거라니. 관장님은 입으로 시키기만 하니까 안 힘들겠지만, 오 분만 더 했다간 정말로 쓰러질 뻔했다.

"야, 나 때는 아까 강도로 한 타임 더 돌고, 또 러닝 뛰고, 섀도 하고, 그러고서야 겨우 일 분 앉아서 쉬었어. 이 정도로 뭐가 힘들다고."

고개를 절레절레 흔드는 관장님의 입이 웃고 있었다.

"숨만 돌리고 일어나서 스트레칭 좀 하고 씻어. 안 그러면 내일 더 힘들어."

"네."

대답만 하고 완전히 뻗은 채로 계속 가만히 있었다. 멀리서 샌드백을 치는 소리와 관장님이 골반을 어떻게 쓰며 지도하는 소리가 들렸다.

소리가 점점 멀어지는 것 같다고 느낄 때쯤, 누군가가 내 발을 툭툭 쳤다.

"자냐? 일어나. 일어나서 스트레칭하고 몸 풀라니까."

관장님이 옅게 웃으며 날 보고 있었다.

몸이 천근만근이었다. 간신히 일어나 관장님이 시킨 대로 몸을 풀었다. 이미 녹초가 돼 버린 탓에 몸을 푸는 게 아니라 운동을 더 하는 것처럼 힘들었다.

탈의실로 들어가 바로 씻으려다 소파에 잠시 앉았다. 낡고 조그만 소파지만 엄청나게 편안했다. 이래서 다원 형도 여기서 자고 있었던 걸까. 형도 나처럼 피곤했었나 보다. 지금 눈을 감으면 나도 그날의 형처럼 편안히 잘 수 있을 것 같다.

슬쩍 고개를 들어 시계를 보니 시간이 여섯 시를 막 넘어서고 있었다. 학원을 가기도 애매하고, 지금 집으로 갈 수도 없다. 이왕 이렇게 된 거 쪽잠이라도 자고 갈까 싶어 눈을 감았다. 몸이 노곤노곤하고 잠이 솔솔 온다. 그리고 다원 형이 계속 생각난다.

"송하준, 뭐 해?"

큰 소리에 눈을 떴다. 얼굴에 웃음이 가득한 관장님이 서 있었다. 탈의실 문 앞에 있던 관장님은 내 쪽으로 다가오며 말했다.

"겨우 두 타임 하고 이렇게 뻗으면 어떡하냐. 얼른 일어나서 씻어. 밥이나 먹으러 가자."

"네?"

"나 지금 저녁 먹으러 갈 거니까 같이 먹고 가. 어딜 가든 밥은 먹어야 할 거 아니야."

편의점에서 먹더라도 혼자 먹는 게 더 편할 것 같았지만, 오후 운동이 끝나면 다원 형도 늘 그랬을 것 같다는 생각에 알겠다고 하고 일어섰다. 샤워를 한 뒤 옷을 갈아입고 나오니 아까보다 많은 사람이 몸을 풀고 있는 게 보였다.

출입문 쪽의 조그만 카운터 앞에 서 있던 관장님이 날 발견하곤 체육관 가운데 모여 있는 사람들을 향해 소리쳤다.

"지환아, 나 밥 먹고 온다! 조금 늦을 거야."

"네, 알겠습니다."

처음 등록하러 왔을 때부터 몇 번 본 코치님이다. 자세히는 모르지만, 오후 시간에 체육관 일을 종종 봐 준다고 알고 있다. 아마 관장님 혼자서 다 할 수 없을 때 도우러 와 주는 것 같다.

관장님과 함께 체육관을 나서 건물 뒤편 주차장으로 갔다. 관장님이 낡은 승합차에 오르며 내게 손짓했다.

"타."

대충 근처 식당에 갈 거라고 생각했는데.

"운동 열심히 했으니까 든든하게 먹어야지."

관장님은 그렇게 말하곤 차를 움직이기 시작했다.

"복싱 재밌지?"

"네? 네."

"내가 몇 번이나 말했지만, 스파링도 시작하면 더 재밌어질 거야. 복싱이 개인 운동이긴 하지만 어쨌든 마지막에는 상대와 겨루는 거잖아. 단순히 더 많이 때리고 더 세게 때리고의 문제가 아니거든. 결국은 상대의 거리를 깨고 내 거리로 만들어야 해. 내가 이렇게 움직이면 상대가 어떻게 반응할까, 상대가 이렇게 움직이면 난 이렇게 반응해야지. 이 모든 걸 생각하면서 움직이는 거니까 그만큼 머리도 좋아야 하고, 경험도 많아야 해. 그리고 그게 딱 맞아 들어가면 짜릿하거든. 물론 내가 열심히 훈련하고 연습한 것들을 링 위에서 성공했을 때의 재미도 엄청나고 말이야. 그래서 시합도 하고 스파링도 해야 하는 거야. 물론 무섭고 긴장되겠지만, 모든 게 다 그렇듯이 그런 걸 극복하고 도전해야 해. 그래야 더 성장하고 발전할 수 있으니까."

관장님은 이동하는 내내 복싱 얘기만 했다. 관장님의 이야기를 듣고 있으니 스파링이나 시합을 해 보고 싶다는 생각이 들었다. 인간을 상대해야 하지만, 내 생각을 공유하거나 가까워질 필요는 없으니까. 움직이는 샌드백이라고 생각하면 괜찮지 않을까.

관장님이 모는 차는 다원 형이 있는 병원을 지나쳐 근처의 한 식당 앞에 도착했다. 식당 벽엔 냉면과 갈비탕, 갈비찜 전문이라고 적힌 종이가 붙어 있었다.

"난 아무한테나 밥 안 사 줘. 그러니까 이 기회에 든든히 먹어."

"네."

굳이 여기까지 온 걸 보니 유명한 집인가 싶었지만, 막상 식당엔 사람이 그렇게 많지 않았다. 입구에서 안을 쭉 둘러본 관장님이 고개를 갸웃거렸다.

"아직 안 왔나?"

"몇 분이세요?"

"세 명이요."

"이쪽으로 오세요."

세 명이라니? 누가 더 오는 걸까. 다원 형과 시합을 했던 상대 선수인가?

종업원의 안내에 따라 구석 쪽에 자리를 잡았다.

"일행 오면 주문할게요."

종업원에게 그렇게 말한 관장님은 바깥쪽을 보더니 벌떡 일어서서 반갑게 손을 들었다.

"여기, 여기."

관장님이 손을 흔드는 방향으로 고개를 돌리자 젊은 여자가 관장님께 인사를 하며 다가오고 있었다.

"잘 갔다 왔어?"

"네, 얼굴 보고 막 나오는 길이에요."

그러면서 자연스레 나와 관장님의 맞은편에 앉았다.

"그래, 금방 좋아질 거야."

여자는 작게 고개만 끄덕이다 날 보곤 고개를 꾸벅거렸다. 나도 얼떨결에 고개 숙여 인사했다.

"인사해. 이쪽은 다원이 여자 친구 예빈이."

"아, 안녕하세요."

"여긴 우리 체육관 기대주. 그날 다원이 시합에 같이 갔던 친구야. 송하준."

"네, 반가워요."

순간 다원 형의 사물함 문에 붙어 있던 사진이 떠올랐다. 활짝 웃는 얼굴의 형과 어깨동무를 하고 있던 사람.

"너 밥은 잘 먹고 다니지? 입맛 없다고 안 먹고, 바쁘다고 거르고 그러면 몸 금방 상한다. 옆에 있는 사람이 더 잘 챙겨 먹어야 돼. 안 그럼 간병하는 사람이 골병든다고."

"걱정 마세요. 잘 챙겨 먹고 있어요."

관장님은 갈비찜과 갈비탕을 주문했고, 곧 갈비탕 세 그릇과 이걸 누가 다 먹나 싶을 만큼 거대한 갈비찜 한 접시가 도착했다.

"먹어, 먹어. 너희 오늘 이거 다 먹기 전까진 못 나간다."

관장님의 말에 누나가 피식 웃었다. 그러곤 날 보더니 얼른 먹으라는 듯 손짓했다.

밥을 먹으면서 두 사람이 나누는 이야기를 들었다. 다원 형은 처음 병원으로 실려 간 이후 쭉 의식이 없는 상태고, 지금으로선 의식이 돌아오길 기다리는 수밖에 없다고 했다. 형 얘기를 하는 누나는 의외로 덤덤해 보였다.

"황 관장한테 얘기 들었어. 자세한 내용은 내가 황 관장이랑 더 얘기해 볼 테니까 너무 신경 쓰지 마."

"감사합니다."

"그건 그렇고, 민기는 요즘 어때?"

"그냥 똑같아요."

두 사람은 내가 들어도 무슨 말인지 잘 모르는 얘기를 계속하며 밥을 먹었다.

누나는 생각보다 밥을 잘 먹었다. 나도 두 사람 얘길 들으며 부지런히 먹었지만 정작 관장님은 먹는 둥 마는 둥 했고, 갈비찜은 여전히 반 이상 남아 있었다.

배가 터질 것 같았다. 누나도 그런 듯했다. 나와 누나가 먹는 걸 멈추자 관장님이 잠깐 뜸을 들이다 다시 입을 열었다.

"예빈아, 전에도 얘기했지만 마음 강하게 먹어. 난 누가 뭐래도 다원이가 깨어날 거라 믿는다. 의사가 무슨 소릴 해도, 난 믿어. 다원이는 웃으며 돌아올 거라고."

누나가 고개를 끄덕였다.

"우린 그렇게 믿어야 해. 다원이는 강한 애야. 분명히 일어나."

"네, 저도 알아요. 다원이는 반드시 그럴 거란 거."

두 사람은 입을 꾹 다물고 동시에 고개를 끄덕였다. 어쩐지 작게 미소를 짓고 있는 것 같기도 했다.

자리에서 일어났다. 관장님은 남은 음식을 보며 아깝다고 했지만, 너무 배가 불러 더 먹을 생각이 들지 않았다.

"계산하고 갈 테니까 먼저 나가 있어."

카운터 앞에 관장님을 두고 식당 밖으로 나왔다. 내 뒤를 따라 나온 누나와 함께 어색하게 식당 문 옆에 섰다.

"괜찮아요?"

누나의 말에 고개를 돌려보니 날 빤히 보고 있었다.

"다원이 쓰러졌을 때, 많이 놀랐죠?"

"예, 처음에는 좀 그랬는데, 이제는 괜찮아요."

"학생이란 얘기 듣고 많이 걱정했어요. 그래도 괜찮다니까 다행이네요."

다원이 형과는 분명 다른 사람이지만, 왜인지 형과 이야기하는 기분이 들었다. 어딘가 모르게 분위기가 비슷했다.

"나중에 병원 면회 가도 괜찮을까요?"

누나가 웃으며 고개를 끄덕였다.

"그럼요. 열두 시랑 여섯 시, 이렇게 두 번 가능하니까 시간 될 때 연락 줘요. 어차피 난 매일 가거든요."

"감사합니다."

그때 관장님이 밖으로 나오며 투덜거렸다.

"아, 이 카드는 왜 결제가 안 돼 가지고. 에이, 씨."

계속 구시렁대던 관장님은 나와 누나를 향해 말했다.

"집까지 태워다 줄게."

"저는 차 가지고 왔어요."

"어? 그래? 하준이는 집으로 갈 거지? 집이 어디였지?"

"시엔파크요."

"그래, 태워다 줄게. 퇴근 시간이라 좀 막힐 것 같으니까 빨리 가자."

"제 차 타고 가요."

누나가 말했다.

"어차피 그쪽 지나가니까 그게 나을 거예요. 관장님은 거기 가셨다가 다시 체육관으로 가기엔 방향이 애매하잖아요."

"그럴래, 그럼?"

두 사람이 동시에 날 쳐다봤다.

"예."

새로운 사람과 좁은 차에서 쓸데없는 이야기를 억지로 하며 불편하게 가는 건 정말 싫은 일이다. 하지만 누나랑은 좀 더 대화를 나눠 보고 싶었다. 다원 형에 대해서 더 알고 싶기도 했고, 형과 이야기하는 것 같은 이 느낌이 좋기 때문이다.

"그럼 들어가세요."

"그래, 진행 상황 봐서 연락할게. 하준이, 내일 아침에 늦지 말고 와."

누나와 함께 주차장 한쪽에 서 있는 경차를 향해 걸었다. 눈에 익다 했더니, 시합 날 다원 형이 운전했던 그 차였다. 그날은 분명 차 안이 어질러져 있었던 것 같은데 오늘은 깨끗하게 정리되어 있었다.

"잠시만요, 일단 내비를 좀 찍고. 아파트 주 출입구 쪽으로 가면 되나요?"

"네."

휴대전화를 거치대에 끼운 누나가 천천히 차를 움직이기 시작했다. 도로에는 자동차가 가득했고, 내비게이션에는 빨간색으로 우리가 가야 할 길이 표시되어 있었다.

"정리가 되어 있네요."

침묵을 깨고 싶어 아무 말이나 꺼냈더니 누나가 날 흘끔 봤다.

"그날, 시합장 갈 때 이 차 타고 갔었거든요."

누나는 웃으며 대답했다.

"원래 다원이가 쓰던 차라 좀 지저분했죠. 치우는 데 반나절 걸렸어요. 정리 좀 하라고 몇 번을 말했는데."

"의외였어요. 되게 깔끔한 이미지였는데."

"평소엔 깔끔해요. 집 정리도 잘하는데 차만 유독 엉망이었죠. 이해가 되긴 해요. 새벽마다 물류 센터에 일 갔다가 저녁까지 운동하니까 차까지 정리하긴 귀찮았겠죠. 시간이 없었을 것 같기도 하고."

그날 아무렇게나 널브러져 있던, 온라인 쇼핑몰 로고가 박힌 옷이 생각났다. 새벽 내내 쇼핑몰 물류 센터에서 일하고 체육관에 와서 쪽잠을 잔 다음 운동을 했었나 보다.

"그날, 체육관에서 자고 있었어요."

"그랬구나."

누나는 작게 고개를 끄덕거렸다.

"새벽에 일이 일찍 끝났다는 메시지는 봤는데."

그러곤 짧게 한숨을 쉬고 말을 이었다.

"사람이 배려를 너무 많이 해도 문제예요. 다원이는 늘 그런 식이거든요. 세 시쯤 메시지가 와 있었으니까 집에 와서 자고 체육관 가도 충분한 시간인데, 내가 깰까 봐 바로 체육관으로 가서 잤겠죠. 너무 배려를 하니까 옆에 있는 사람이 잘못한 게 없는데도 괜히 미안해져요."

"아, 예."

"그나마 미안한 감정도 없는 사람들은 되레 막 대하려 들고."

그게 인간이니까. 상대가 내게 잘해 주면 얕잡아 보는 게 인간의 본성이니까.

"물론 그런 성격이 좋아서 만나는 거긴 하지만."

누나는 이번에도 희미하게 웃었다.

"옆에 붙어 있으면 좀 답답할 때가 있어요. 다원이는 사람을 너무 좋아하니까, 누구에게나 착하고 친절하게 대하거든요."

나랑은 정반대다.

"그러다 보니까 이상한 사람도 많이 꼬이고."

"이상한 사람이요?"

"네, 좀, 어울리지 않았으면 싶은 사람들."

자연스럽게 병원과 체육관에서 봤던, 다원 형의 중학교 때 친구라던 사람이 떠올랐다. 누가 봐도 형과는 어울리지 않는 사람. 민기라고 했던가.

"그런데 막상 주변 사람 때문에 문제가 생긴 적은 없었던 것 보면 신기하기도 하네요."

누나는 말을 멈추고 괜히 입맛을 다셨다. 차는 여전히 가다 서다를 반복하고 있었고, 하늘은 점점 어두워지고 있었다.

누나가 멍한 눈으로 앞을 보며 말했다.

"……진작 알았어야 했는데."

"예?"

"다원이 아버님이 다원이 초등학생 때 돌아가셨어요. 부정맥으로. 그게 유전이 되기도 한다더라고요. 지금 생각해 보면, 이미 증상을 몇 번 보였던 것 같아요."

"증상이요?"

"네, 가끔 호흡이 고르지 못하다거나 갑자기 심장이 빨리 뛰는 것 같다는 얘길 했었거든요. 특히 운동하고 왔을 땐 더 자주 그랬어요. 그때 복싱 그만두라고 했어야 했는데. 차마 할 수가 없었네요. 이렇게 될 줄 알았으면 어떻게든 기를 쓰고 말렸을 텐데."

"왜 못 말리셨어요?"

"그야, 다원이는 복싱을 너무너무 좋아했으니까요."

관장님도 같은 이야기를 했다. 형은 정말 복싱을 좋아한다고.

"다원이에게 복싱은 그냥 운동이 아니었어요. 고등학생 때 어머님까지 돌아가시고 다원이가 제일 의지했던 사람이 관장님이었거든요."

처음 듣는 얘기다.

"다원이가 스트레스를 푸는 방법도 복싱뿐이었어요. 링에 올라갈 때는 마음에 담긴 모든 나쁜 감정을 가지고 올라가서 다 쓰고 내려온다고. 그렇지 않으면 부정적인 것들이 계속 쌓이니까. 그래서 시합하는 걸 멈출 수가 없다고 그랬거든요."

"아……."

"그 얘길 듣고 나니 알겠더라고요. 어떻게 다원이가 항상 밝고, 순수하고, 모두에게 친절할 수 있었는지. 가끔 바보인가 싶을 정도로 답답한 것도 복싱을 하니까 그럴 수 있었구나 싶어서, 그래서 그만하라고 할 수가 없었어요. 복싱을 그만두면 다원이는 더 이상 다원이가 아니게 될 테니까."

시합을 해 본 적이 없어서인지 링 위에서 나쁜 걸 쏟아 낸다는 말이 잘 이해되지는 않았다. 하지만 시합 날 상대와 맞서던 그 순간의 형은 평소 체육관에서 보던 형의 모습과 분명 달랐다.

"그럼……."

다원 형의 시합을 직접 본 적이 있냐고 물어보려는데 누나의 휴대전화에 '최민기'라는 이름이 떴다.

"잠시만요."

누나가 수신 버튼을 눌렀다.

"여보세요."

"누나, 어떻게 됐어?"

"아직은 몰라. 적금이랑 청약 넣어 놓은 거 일단 다 깼어."

"알겠어. 조금만 기다려 봐. 나도 끌어모으는 중이니까 되는대로 바로 보낼게."

저 이름과 목소리는 분명 다원 형의 친구라던 그 남자다.

"그래도 착하게 열심히 살았던 덕인지, 주변에서 많이 도와주네요."

그렇게 말한 누나가 날 보며 힘없이 웃었다.

"그, 다원이 형 친구 맞죠?"

"어떻게 알아요?"

"전에 병원이랑 체육관에서 봐서……."

"맞아요, 다원이랑 제일 친한 친구예요. 둘이 되게 안 맞는 것 같은데, 저 애랑 같이 있을 때 다원이가 가장 편해 보이더라고요. 솔직히, 처음 봤을 때 인상이 진짜 별로였거든요? 직접 봤으니 무슨 말인지 알죠?"

"⋯⋯예."

"그런데 다원이랑 늘 붙어 다녀서 자주 보다 보니까 나쁜 애는 아니더라고요. 그걸 아니까 다원이도 친하게 지내는 거겠죠. 잠깐 안 좋은 쪽으로 빠지나 싶더니 지금은 나름 일도 열심히 하고."

다원 형에 대해 모르던 걸 많이 알게 될수록 더 대화를 하고 싶다. 몇 년 동안 매일 이야기할 기회가 있었는데⋯⋯ 왜 그땐 그런 생각을 못했을까.

우리가 탄 차는 여전히 가다가 서기를 반복했고, 덕분에 누나에게 다원 형 이야기를 많이 들을 수 있었다. 누나는 형보다 두 살 많고, 둘은 누나가 고등학생일 때부터 알고 지낸 사이였다. 다원 형이 고등학교를 졸업한 날부터 사귀었고, 얼마 지나지 않아 조그만 원룸에서 같이 살기 시작했다고 한다. 하지만 형은 쇼핑몰 물류 센터에서 밤새 일하고 누나는 낮에 콜센터에서 일을 하는 탓에 같이 보낼 시간이 주말밖에 없었다고도 했다.

누나가 재밌는 이야기를 하듯이 편하게 이야기해 줘서 나도 생각나는 대로 이것저것 물어볼 수 있었다. 분명 이렇게 편할 상황이 아닌데 말이다.

"이렇게 얘기하니까 좋네요. 이것저것 시시콜콜한 이야기 나눌 사람이 병원에만 누워 있으니까 대화할 일이 없어서 답답했거든요."

누나는 날 쳐다보며 활짝 웃었다.

"괜찮으세요?"

"응?"

"그냥, 마음이 무거우실 것 같아서요."

"안 괜찮지. 그런데 괜찮아요. 다원이 쓰러지고 3일 동안은 내내 울기만 했어요. 아무것도 못 하고 그냥 계속 울었는데, 3일 넘어가니까 눈물도 안 나더라고요. 울고는 있는데 눈물이 안 나. 그래서 그만 울어야겠다고 생각했어요. 어쨌든 앞으로 다원이 병원비가 얼마나 더 나올지도 모르고, 쟤가 쓰러져 있는데 나까지 정신 못 차리면 안 되겠다 싶기도 했고. 그때부터 정신 차렸죠. 매일매일 일 끝나고 누워 있는 다원이 얼굴을 보다 보니까 그런 생각이 들더라고요. 고등학생 때부터 학교 다니면서 운동하고 일까지 하느라 많이 힘들었을 텐데 지금 저렇게라도 쉬는구나. 그리고 내가 얼른 기운 차리고 밝아지면 다원이도 밝은 빛을 따라 다시 눈을 뜰 것 같아요."

누나는 여전히 웃는 얼굴로 말했다. 전혀 웃을 상황이 아닐 텐데도 어둡거나 슬퍼 보이지 않았다. 다원 형이 그랬던 것처럼. 형에게서 느껴지던 밝은 기운이 그대로 전해졌다.

한참이 더 지나서야 익숙한 건물이 하나둘씩 보인다 싶더니, 드디어 차가 아파트 단지 출입구에 다다랐다.

"너무 늦은 거 아닌지 모르겠네."

"괜찮아요. 태워다 주셔서 고맙습니다."

"번호 좀 알려 줄래요?"

"네? 번호요?"

"아까 면회."

"아, 네."

누나가 건넨 휴대전화를 받아 내 번호를 찍었다. 누나는 꼭 면회하러 오라는 말과 함께 점점 멀어져 갔다.

기분이 이상했다. 그리고, 다원 형이 좋아졌다. 얼른 형과 운동도 같이 하고, 이야기도 하고 싶다. 좀 더 가까워지고 싶다.

12

 뒤늦게 모의고사 풀이를 했다. 해야지, 해야지 하면서도 체육관을 갈 때마다 운동 강도가 점점 높아져 계속 미루기만 했다.

 결국 주말이 되어서야 해 보았는데, 뭔가 잘못된 게 아닌가 싶었다. 당연히 2등급은 나올 줄 알았는데 거의 전 영역의 점수가 3등급에 겨우 걸쳐져 있었다. 입학 후에 여러 가지 일이 있어 공부에 집중하지 못한 것은 사실이지만, 이런 성적이 나올 만큼 내팽개쳐 두지는 않았는데.

 물론 아직 성적표가 나온 건 아니다. 하지만 학원에서 받은 자료를 보면 실제 성적표의 등급도 크게 다를 것 같진 않다.

 아파트 단지 내 독서실에 있다가 마음이 답답해서 밖으로 나와 편의점 앞에 앉았다. 지금은 책을 보거나 공부를 하고 싶은 생각이 전혀 들지 않았다.

다원 형이 깨어 있다면 전화해서 만나자고 하고 싶다. 형과 그렇게 가까운 사이는 아니었지만, 오히려 형이 없는 동안 훨씬 더 가까워진 느낌이다. 그래서인지 종종 이렇게 더 이야기를 나누고 싶고, 이런저런 상담도 하고 싶어진다.

평소에는 형 생각이 날 때마다 체육관으로 간다. 체육관에 있으면 조금 더 형과 가까워지는 기분이 들고, 마음이 편안해지는 것 같기도 해서. 하지만 지금은 어떻게 해야 할지 잘 모르겠다.

휴대전화를 꺼냈다. 연락처에서 희윤의 번호를 찾아 전화를 걸었다.

"여보세요."

"나 하준인데……."

"응, 무슨 일이야?"

"저기, 뭐 해?"

"그냥 집에서 텔레비전 봐."

"음, 잠깐 나올래?"

"왜?"

"그냥. 심심해서."

"어딘데?"

"지금 정문 쪽 편의점 앞이야."

"알겠어."

막상 전화를 끊고 나니 희윤이 오면 뭘 해야 하나 싶었다. 아무런 계획도 없고, 특별히 할 이야기도 없는데 불러내서 어쩌자는 건지……. 그렇지만 한편으론 바로 나온다고 해 줘서 기분이 좋았다. 내게 마음이 조금은 있는 것 아닐까.

"여기서 뭐 하고 있었어?"

어느새 밝은색 트레이닝복 차림의 희윤이 눈앞에 서 있었다.

"그냥 있었어. 할 것도 없고, 심심하기도 하고."

희윤은 웃으며 내 옆 의자에 앉았다.

"이따 가족들이랑 저녁 먹으러 가기로 해서 오래 있진 못해."

내가 가만히 있자, 희윤이 날 빤히 보다가 물었다.

"오늘은 운동하러 안 가?"

"모르겠어. 기분이 되게 찝찝해."

"왜?"

"조금 전에 모의고사 채점하고 등급 컷 확인해 봤거든."

"이번에 어려웠다잖아. 원래 3월 모의고사는 결과보다는 감 잡는 게 중요하다고도 하고."

"그래도 생각보다 너무…….”

"그럴 수도 있지. 첫 모의고산데, 뭐."

희윤이 별것 아니라는 듯 말했다.

"학원에서도 그랬어. 이번 성적은 너무 신경 안 써도 된다고."

"그래?"

"응, 나도 그렇게 잘 치진 못했거든. 그래도 계속 생각하진 않으려고. 이미 끝난 거기도 하고."

어느 정도인지 모르겠지만, 희윤도 잘 치진 못한 것 같다. 괜히 기분이 좀 나아졌다.

"다음 주엔 학원 나와?"

"가야지."

"그럼 시합은? 따로 준비 안 하고 나가는 거야?"

"시합?"

무슨 시합? 영문을 몰라 희윤을 빤히 보자 희윤이 휴대전화를 꺼내며 말했다.

"모금 시합 있잖아."

그러면서 휴대전화를 내 쪽으로 내밀었다. 화면에 다원 형의 병원비 모금을 위한 시합을 준비하고 있다는 글이 떠 있었다.

"이게 뭐야?"

"몰랐어? 다원이 오빠 계정에 올라왔어. 당연히 너도 나가는 줄 알았는데."

SNS를 안 하니 저런 게 있는지도 몰랐다. 관장님도, 누나도 모금 시합을 한다는 걸 나한테 말해 준 적이 없다. 그나저나, 희윤이 나보다 형에 대해 아는 게 많았던 것 같은 이유는 SNS 때문이었나 보다.

"아직…… 그대로지? 다원이 오빠."

"응."

그러자 희윤이 한숨을 쉬어 나도 모르게 따라 한숨지었다.
"그래도 형 주변에 좋은 사람이 많아서 다행이야."
내 말에 희윤이 날 쳐다보며 되물었다.
"그래?"
"다원이 형 여자 친구도 그렇고, 관장님도 그렇고, 다원이 형 친구들도."
"아, 여자 친구……. 너도 그 언니 알아?"
"응, 밥도 같이 먹고 이야기도 했어. 분명 다른 사람인데 이상하게 다원이 형 같은 느낌이 들더라."
"그렇구나."
희윤은 다시 한숨을 뱉었다.
"왜 한숨을 자꾸……."
"그냥."
힘없이 웃는 걸로 내 질문을 넘긴 희윤이 작은 목소리로 말했다.
"나, 실은 다원이 오빠 좋아했거든."
"……어?"
"중학생 때 다원이 오빠를 처음 봤어. 지훈이랑 애들이 내 친구들을 괴롭혀서 다툼이 좀 있었거든. 그때 다원이 오빠랑 오빠 친구가 와서 도와줬었어. 그 뒤로 오빠를 쫓아다녔어. 체육관에도 보러 가고, 학교도 찾아가고."
상상도 못 했다.

"그러다가 여자 친구 있다는 거 알고 나선 안 찾아갔어. 그냥 SNS만 챙겨 봤는데……."

그러니까, 희윤은 다원 형 때문에 체육관과 나에 대해 알게 된 거구나. 머리가 멍해졌다. 동시에 괜히 민망해졌다가, 내가 실수한 건 없나 되짚어 봤다가, 아무것도 없다는 사실에 안도했다.

"잠깐만. 다원이 형 고등학생 때면 지금 여자 친구랑 사귀기 전일 텐데."

"응, 그랬더라. 그런데 항상 같이 있었어. 그래서 사귀는 줄 알았는데 나중에 보니까 졸업하고 사귄 것 같더라고. 어쨌든 그렇다고 달라질 것도 없고, 지금은 막 좋아하는 건 아니라서……."

희윤은 말끝을 흐리고는 날 흘끔 보더니 옅게 웃었다. 무슨 말을 해야 할지 몰라 나도 희윤을 보며 웃기만 했다.

"지금도 습관처럼 오빠 SNS를 보곤 해. 너 전에 지훈이랑 학원에서 싸울 뻔했잖아. 그때 오빠한테 도와달라고 해야겠단 생각이 들어서 체육관에 갔을 때 조금 설레었던 것 같기도 하고. 그런 거 보면 아직 마음이 약간은 남아 있나? 모르겠어."

그래서 다원 형이 그날 갑자기 그 골목에 나타났었구나.

"어쩌다 이런 얘길 하게 된 거지?"

희윤이 혼잣말하듯 질문하고는 날 보더니 웃으며 말을 이었다.

"이상하게 넌 편해. 안 지 얼마 안 됐는데도 되게 오래된 친구 같아."

"오래된 친구?"

"응, 당연히 이런 얘기 어디 가서 하진 않겠지만, 비밀이야."

희윤은 코를 찡긋하곤 앞으로 고개를 돌렸다.

어쩐지 고백한 적도 없는데 차인 것 같기도 하고, 희윤과 좀 더 가까워진 것 같아 좋기도 하고……. 내가 희윤을 좋아했나? 아니다. 그럴 리는 없다. 내가 인간을 좋아하다니.

모르겠다. 그냥 기분이 이상하다.

"복싱은 재밌어? 힘들어 보이던데. 누굴 때려야 하는 것도 그렇고, 맞기도 해야 하니까."

"그렇지."

복싱이 재밌는지 생각해 본 적은 없었다. 별생각 없이 계속해 왔다. 그렇게 익숙해졌다. 최근 관장님이 갑자기 내게 집중하기 시작하면서 훈련량이 늘고, 운동 강도도 높아졌다. 그리고…….

재밌어졌다.

"재미있는 것 같아. 이유를 설명하긴 힘들지만."

그렇다. 시작한 이유가, 계속해 온 이유가 무엇이든, 이제 난 복싱이 좋다.

"아, 가야겠다. 학교에서 봐."

희윤이 시간을 확인하더니 자리에서 일어났다. 어쩔 수 없이 일어나 희윤의 뒷모습을 멍하니 보다가 돌아섰다. 이제 뭘 해야 하나.

우우웅―.

기다렸다는 듯 전화가 울렸다.

"여보세요."

"독서실이야?"

"왜?"

"빨리 집으로 와."

전화는 그대로 끊어졌다. 아빠는 언제나 이런 식이다. 늘 자기 할 말만 한다. 그리고 내가 무슨 이야기를 하든 들으려고 하지 않는다. 인간이 다 그렇지만, 아빠는 정도가 심하다.

이런 전화가 오면 더더욱 집에 들어가기 싫어지지만, 그럼에도 갈 수 밖에 없었다. 희윤과 이야기하며 괜찮아졌던 기분이 다시 답답해졌다.

엘리베이터에서 내리니 현관문 틈으로 새어 나오는 소리가 복도에서도 들렸다. 또 무슨 귀찮은 일이 기다리고 있을지 무서울 정도였다.

문을 열고 들어서자 동생과 아빠가 서로에게 고함을 지르고 있었다.

"왜 안 되는데!"

"하루 종일 그러고 있었으면 할 건 해야지!"

두 사람을 피해 내 방으로 오니, 침대에 엄마가 엎드려 있었다.

"……왔어? 조금만 있다가 저녁 먹자."

엄마는 이미 동생과 한바탕했겠지. 무슨 일이 있었던 건지, 왜 저러고 있는 건지 굳이 묻지 않았다. 특별히 놀랄 만한 일도 아니다. 동생은 늘 제멋대로에, 하고 싶은 게 생기면 온 집안이 떠들썩하게 난리를 치니까. 분명 또 말도 안 되는 걸 하고 싶다고 저러는 거겠지.

엄마를 보고 있자니 여러 가지 생각이 들었다. 당장이라도 밖으로 나가고 싶은 마음이 굴뚝같아졌다.

책상 의자에 앉아 있다가 가만히 있을 수가 없어 일어섰다. 동생을 어떻게든 하고 싶지만, 그랬다간 상황이 더 안 좋아질 거란 것도 알고 있다. 그래서 더 답답하다.

무작정 거실로 나가다가 동생과 눈이 마주쳤다.

"형, 어디 갔다 왔어?"

"공부하고 왔어."

동생은 날 졸졸 따라오더니 거실 소파에 앉았다.

"이거 같이 보자."

그러곤 전에 보던 영화를 틀며 텔레비전을 가리켰다. 슈퍼히어로가 나와 악당을 제압하는 흔한 영화.

"그래."

이미 본 영화인 데다 동생과 같이 뭘 하고 싶은 마음도 없다. 하지만 시끄럽게 소리를 지르는 게 더 싫기 때문에 어쩔 수 없이 동생 옆에 앉았다. 그사이 피곤한 얼굴의 아빠가 동생과 날 가만히 보다가 안방으로 들어가 버렸다.

잠시 후, 내 방에서 나온 엄마가 주방으로 가더니 저녁을 준비하는 건지 달그락 소리를 내기 시작했다. 그러자 동생이 바로 반응했다.

"아아아아, 안 들려!"

"응, 미안해."

엄마는 동생을 향해 웃으며 말하고는 이내 안방으로 들어갔다. 곧 안방에서 엄마와 아빠가 큰 소리를 내는 게 들리기 시작했다. 동생이 텔레비전 볼륨을 자꾸 키우는 바람에 자세한 내용은 알 수 없었지만, 다투고 있는 건 분명했다.

싫다.

얼른 학교를 졸업하고 이 집에서 나가고 싶다. 제멋대로인 인간들이 없는, 나 혼자 편안하게 쉴 수 있는 곳으로 빨리 가고 싶다.

영화에선 몸이 단단한 히어로가 악당들과 몸싸움을 벌이고 있었고, 그걸 보고 있으니 체육관에 가고 싶어졌다. 가볍게 뛰면서 관장님과 미트를 치고 싶다. 고개를 슬쩍 돌려보니 동생은 여전히 텔레비전만 뚫어져라 보고 있었다.

그때, 방에서 나온 엄마가 동생 옆자리에 앉았다.

"저녁 먹어야지. 현준이 뭐 먹을래?"

동생은 엄마 말을 듣는 둥 마는 둥 했다. 엄마는 한참 동안 동생을 붙들고 물었지만, 동생은 영화 외에는 무엇에도 관심이 없다는 듯 끝까지 제대로 된 대답을 하지 않았다. 엄마가 한숨을 쉬더니 날 보며 물었다.

"오늘은 간단히 시켜 먹자. 괜찮지?"

고개를 끄덕이자 엄마는 휴대전화로 시선을 옮겼고, 곧 아빠가 안방에서 나와 거실을 한 번 보더니 그대로 밖으로 나가 버렸다.

얼마 지나지 않아 음식이 도착했다. 식탁에 밥을 차렸지만 동생은 영화를 보며 먹겠다고 고집을 부렸다. 결국 동생은 거실 바닥에서, 나와 엄마만 식탁에 앉아 먹기 시작했다. 엄마는 한숨을 푹푹 뱉으며 식사에 집중하지 못했다.

음식을 입안에 마구 욱여넣고 한꺼번에 씹었다. 얼른 먹고 이 자리를 피하고 싶은 맘뿐이었다. 이미 영화에 빠져들었으니 이제 동생은 날 찾지 않을 것이다.

그릇을 비우자마자 자리에서 일어나자 엄마가 놀란 듯 날 쳐다봤다.

"벌써 다 먹었어?"

"어."

입에 음식을 가득 넣은 채로 대답한 뒤 방으로 들어왔다. 역시 검사든 진단이든 받아서 동생을 어떻게든 해야 하는 게 아닐까. 그 제안에 아빠가 화를 낸 이유를 모르겠다.

하긴, 원래 인간의 본성이 그런데 그게 검사나 진단이 필요한 건가 싶기도 하다. 그걸 감추지 못하는 게 문제라면 문제일 수도 있겠지만, 이기적이고 자기중심적인 건 모든 인간이 똑같으니까. 그래서 싫다.

다시 독서실로 가기도 애매하고, 체육관에 가기엔 시간이 많이 늦었다. 하지만 집에 있고 싶지도 않다. 밖으로 나가봤자 갈 곳이 없는 건 마찬가지이지만 그래도 집보단 나을 것이다. 그러니 아빠도 결국 밖으로 도망쳐 버린 거겠지.

"하준아."

엄마가 방문을 열고 들어왔다.

"현준이 좀 보고 있어 줘. 엄마 요 앞에 잠깐 나갔다 올게."

싫었지만, 고개를 끄덕였다. 엄마의 얼굴이 너무나 지쳐 보였다. 당장이라도 쓰러질 것 같은 얼굴로 저렇게 말하면 싫다는 말을 할 수 없다.

물론 엄마가 잠시라도 이 상황에서 벗어나고 싶어 저렇게 말한 거라는 걸 나도 안다. 하지만 그나마 대화가 가능한 엄마와 관계가 굳이 나빠지고 싶지 않다. 지금도 썩 좋은 건 아니지만, 적을 만들면 더 귀찮은 일이 생기니까.

다시 거실로 나왔다. 동생은 여전히 저녁으로 먹던 돈가스 도시락을 테이블 위에 올려 둔 채 텔레비전에서 눈을 떼지 못하고 있었다. 괜히 동생에게 말을 걸거나 자극해서 좋을 것이 없다는 건 잘 알고 있으니, 조금 떨어진 자리에 앉아 조용히 텔레비전만 봤다.

현관문이 열리는 소리가 들리더니 아빠가 들어왔다. 아빠는 조금 전의 엄마와 비슷한 얼굴로 거실 한쪽에 서서 가만히 나와 동생을 쳐다봤다.

이제 여기 있지 않아도 되겠지. 자리에서 일어나 내 방으로 향했다.

"현준이랑 같이 좀 있어."

"지금까지 같이 있었어."

"그냥 있지 말고, 얘기도 하고, 밥 먹는 것도 도와주고."

"무슨 얘길 해. 쟤 영화 보고 있는데."

"그러니까, 영화 끝나면 같이 영화 얘기도 하고 그러라고."

"난 할 얘기 없어."

"넌 어떻게 동생한테 그렇게 매정하게 굴어?"

"매정하게 군 적 없어."

"그런 게 매정한 거야. 동생이랑 얘기도 안 하고, 같이 시간을 보내지도 않잖아."

"쟤 다른 사람 얘기 듣지도 않아. 그런데 어떻게 얘길 해?"

"차분히 이야기하면 듣지, 왜 안 들어. 그리고 형이면 그냥 동생 얘기 들어 줄 수도 있는 거잖아."

"난 항상 다 듣기만 해야 해? 아빠도 내 얘기 안 듣잖아."

"뭐?"

"아빠가 쟤랑 얘기해. 서로 자기 얘기만 하고 남 얘기는 안 들으니까 둘 다 스트레스 안 받고 좋겠네."

"송하준!"

몸을 돌려 다시 방으로 향했다. 하지만 아빠가 팔을 붙들어 걸음을 멈출 수밖에 없었다.

"너 그게 아빠한테 무슨 말버릇이야?"

"내가 뭐?"

"아빠도 할 말이 없는 줄 알아? 너 사춘기니까 예민하고, 이제 고등학생도 됐으니 공부 열심히 하라고 배려를 해 주면 너도 그만큼 성의를 보여야 할 것 아니야!"

"내가 뭐라 그랬어? 내가 뭐 어떻게 더 해 달라 그랬어? 좀 내버려둬, 그냥. 배려 안 해 줘도 되니까 신경 쓰지 마. 없는 사람처럼 가만히 내버려둬. 지금까지 늘 그랬으면서 갑자기 왜 참견하고 신경 써 주는 것처럼 굴어? 이거 놔."

아빠의 손을 뿌리치고 현관으로 향했다. 어째서인지 아빠는 더 이상 날 붙잡지 않았다.

엘리베이터를 타고 1층으로 내려오자 앞에 엄마가 서 있었다.

"이 시간에 어디 가?"

"몰라."

대충 얼버무리고 밖으로 나왔다. 갈 곳이 없는 건 중요한 게 아니었다. 일단 집을 탈출하는 게 먼저였다.

괜히 아파트 주변을 빙글빙글 돌다가 달리기 시작했다. 관장님이 그랬다. 러닝이 가장 중요하다고. 몸과 마음의 기본을 갖추는 데 이만한 게 없다고.

그러자 또 다원 형이 떠올랐다. 형도 러닝을 열심히 했을 것이다. 나는 꼭 형이 된 것처럼, 형과 함께 달리는 것처럼 계속해서 달렸다. 목적지도, 시간도 생각하지 않고 무작정 앞만 보며 달려 나갔다.

13

 지루한 수업이 끝나고 점심시간이 되어 운동장 구석 자리로 가 휴대전화를 꺼냈다.
 어제 희윤과 다원 형 이야기를 한 후 SNS 계정을 만들었다. 물론 피드에 뭔가를 올리거나 누군가의 계정을 팔로한 건 아니다. 프로필 사진조차 올리지 않았다. 대신 다원 형의 계정을 찾아 그동안 형이 올려 둔 게시물들을 보고, 예빈 누나와 희윤의 계정에도 들어가 봤다.
 희윤은 SNS를 그다지 활발하게 하지 않는지 올린 것이 연예인 사진 몇 개밖에 없었다. 다원 형도 마찬가지였다. 주로 체육관에서 운동을 끝내고 찍은 것 같은 글러브와 텀블러, 복싱화나 사물함 사진 아니면 일하면서 찍은 것 같은 박스들 사진 정도였다. 하지만 댓글이나 팔로어는 상당히 많았다.

가장 최근 게시물은 다원 형의 병원비를 위한 모금 시합을 추진 중이고, 도와준 사람들에게 감사하다는 말과 형이 힘을 내어 돌아올 수 있게 응원해 달라는 내용이었다. 아마도 예빈 누나가 썼을 게시물의 아래에는 여러 사람의 힘내라는 댓글이 달려 있었고, 상당히 많은 좋아요가 찍혀 있었다.

예빈 누나의 계정에 제일 게시물이 많았다. 사진과 함께 일기처럼 그날 있었던 일들이 적혀 있었고, 다원 형의 댓글이 게시물마다 달려 있었다. 가장 최근 게시물에는 대상이 지칭되지 않은 말들이 적혀 있었다. 모르는 사람이 보면 그냥 지나갈 글들이었지만, 다원 형이 병원에 있다는 걸 알고 읽으면 누워 있는 형에게 힘을 주기 위한 말들이란 걸 알 수 있었다.

이미 몇 번이나 봤지만 틈만 나면 게시물들을 살펴보게 된다. 새로 올라온 것도 없는데 말이다. 정말 의미 없는 행동이라고 생각하면서도 자꾸 확인해야 할 것만 같았다.

휴대전화를 집어넣고 멍하니 앉아 있다가 급식실로 갔다. 점심을 먹고 난 후에는 오후 수업이 이어졌다. 지훈 무리가 더 이상 나에게 관심을 주지 않아 학교생활에서는 신경 쓸 게 없어져서, 자연스레 희윤과 다원 형 생각을 자주 하게 된다.

한번은 지훈을 찾아가 다원 형이 뭐라고 했길래 얌전해졌는지 물어보고 싶기도 했다. 하지만 형에게 물어보는 게 좋을 것 같아 그만뒀다. 다원 형은, 반드시 일어날 거니까.

오후 수업을 마치고 희윤과 함께 학원 앞으로 갔다. 그리고 난 학원을 빼먹고 체육관에서 오후 운동을 했다. 학원에 가면 또 모의고사 결과가 생각나 답답해질 테니까.

오늘 오후 운동도 아주 힘들었다. 관장님은 무슨 생각인 건지 날이 갈수록 운동 강도를 높이고 있다. 한 번도 부탁한 적 없는데 점점 더 적극적으로 시킨다.

땀을 줄줄 흘리며 바닥에 앉아 있다가 탈의실로 들어가기 위해 일어섰다. 운동을 막 끝냈을 때만 해도 집까지 갈 기력이 없었는데, 잠깐 쉬고 나니 한 타임 더 할 수 있을 것 같기도 했다.

씻고 나오니 체육관 한쪽에는 여전히 운동을 하고 있는 무리가 있었고, 유리창 너머 사무실에서는 관장님이 누군가와 열심히 이야기를 하고 있는 게 보였다. 인사를 하기 위해 사무실로 들어갔다. 관장님의 맞은편에는 황 관장님이 앉아 있었다.

"어, 인사해. 지난번에 시합장에서 봤지? 황 관장."

"안녕하세요."

"여긴 우리 체육관 기대주."

"알지. 그날 다원이 세컨드 봐 주던 친구 맞지? 몸 좋네. 아웃복싱 스타일인가?"

"아직 어리잖아. 이것저것 하면서 찾아봐야지."

두 사람은 마치 내가 선수라도 되는 것처럼 얘기했다.

"그래, 조심히 들어가. 내일 아침에도 나오지?"

"네."

관장님이 웃으며 손을 흔들었다.

"안녕히 계세요."

"그럼 그 모금 시합 뛸 선수들은 다 모은 거야?"

돌아서 나가려다 관장님의 목소리에 고개를 돌렸다.

"계속 찾고 있어. 아무리 모금 시합이라도 체육관 생체 선수들만 뛰는 건 좀 그렇잖아. 시합할 생각 있는 사람 알음알음 찾아보는 중인데, 쉽진 않네. 이게 돈을 줄 수도 없는 일이다 보니."

"생체 선수들만 나와 줘도 고마운 거지. 솔직히 말해서 좀 한다는 선수들 모은다고 관중이 많이 오거나 관심을 더 크게 받을 수 있는 것도 아니잖아."

"그래도 모양새가 다르지. 잘하는 선수들이 와야 보도 자료도 좀 뿌리고 여기저기 홍보라도 하는데 말이야. 그냥 생체 선수들 모아서 체육관끼리 하는 모금 행사면 굳이 시합할 필요도 없잖아. 다른 시합엔 다 생체 선수들이 올라가더라도, 한 경기 정도는 힘을 줘야지."

그렇게 말한 황 관장님은 의자 등받이에 몸을 기대며 크게 한숨을 뱉었다.

"말이 나왔으니 말인데, 여기 체육관엔 시합할 사람 없어? 그래도 다원이가 소속된 체육관인데."

"우린 다원이 말고는 대부분 취미 삼아 하거나 다이어트 목적인 사람들이라 다들 생체 시합도 안 해 봤어."

"그래? 그래도 한두 명쯤은 할 수 있지 않나. 오히려 더 편안하게 경기할 수 있잖아. 전적에 들어가는 것도 아닌데. 뭐, 전적도 중요한 게 아니긴 하지만. 어쨌든 다원이네 체육관에서도 선수가 나온다는 스토리가 있어야 더 관심받기 좋은데."

"더 부담스럽지. 다원이야 관원들이랑 다 잘 지냈으니까 관계는 좋지만, 갑자기 모금 때문에 시합하라고 어떻게 말해. 먼저 나서서 하고 싶다고 하면 모를까."

"그냥 하면 되지, 뭘."

관장님은 입을 꾹 다물고 팔짱을 꼈다. 그러곤 고개를 돌려 날 보더니 눈을 끔벅이며 물었다.

"왜? 할 얘기 있어?"

"아니요."

"그래, 조심해서 가."

관장님께 고개를 숙이고 사무실을 나와 천천히 신발을 신고 체육관 문을 나섰다. 좁은 계단을 내려오니 점점 기울어져 가던 해가 모습을 감추려 하고 있었다. 도로 위의 자동차들과 코앞의 버스 정류장, 맞은편에 있는 학원과 내 옆을 지나치는 교복 차림의 학생들. 잠시 그대로 서서 주변 풍경을 멍하니 보다 다시 체육관으로 올라갔다. 그러곤 곧장 사무실로 들어갔다.

"어? 왜?"

내가 갑자기 들이닥치자 관장님이 깜짝 놀라며 날 돌아봤다.
"저, 제가 할게요."
"뭘?"
"시합이요. 다원이 형 모금 시합."
"갑자기?"
관장님의 눈이 순식간에 동그래졌다.
"됐네. 그날 현장에 세컨드로 왔던 친구니까."
황 관장님이 손뼉을 치며 기뻐했지만 관장님은 여전히 나만 빤히 보고 있을 뿐 별다른 반응을 하지 않았다. 그러다 작게 고개를 끄덕이더니 손을 휘휘 저었다.
"일단 무슨 말인지는 알겠으니까, 가 봐."
다시 관장님께 고개를 숙여 인사를 하고 체육관을 나왔다.
나도 무슨 생각인지 모르겠다. 시합이라니. 해 본 거라곤 스파링 한 번뿐이고, 그것도 다원이 형과 가볍게 한 매스 스파링이었다. 거기다 첫 모의고사를 망쳤고, 시합을 준비할 만큼 여유가 있지도 않다. 그런데 시합은 무슨 시합이란 말인가.
다시 가서 안 한다고 할까 고민이 됐다. 하지만 방금 말해 놓고 멋대로 번복하는 것도 말이 안 됐다. 무엇보다 한번 해 보고 싶다는 생각이 자꾸 고개를 들었다.
다원 형과 예빈 누나에 대해 알면 알수록 관심이 더 생기는 것도, 다원 형을 좋아했던 희윤이 이 시합에 관심을 보인 것도 다 이유이긴 하지만, 무엇보다 시합을 해 보고 싶다. 처음 보러 간 다원 형의 시합에서 본 움직임들, 그 순간의 분위기. 그 모든 게 시합에 도전해 보고 싶단 마음을 커지게 만든다.

선수로 출전하려면 훈련도 더 많이 해야 할 텐데, 그럼 학교나 학원 수업도 문제다. 만약 엄마 아빠가 알면 귀찮은 일이 잔뜩 생기게 될 것이다. 그럼에도 도전하고 싶다. 다원 형처럼, 나도 링 위에서 복싱을 해 보고 싶다.

버스 정류장에 서서 그런 생각을 떠올리니 당장이라도 뭔가 해야 할 것 같은 기분이 들었다. 한쪽 어깨에 걸치고 있던 가방을 둘러메고 달리기 시작했다.

언제부턴가 어쩔 줄 모르는 상태가 되면 습관처럼 달리고 있다. 그렇게 정신없이 달리고 나면 마음이 편안해진다. 하지만 지금은 조금 다르다. 강해지고 싶고, 멋지게 링 위에 서고 싶다는 마음으로 달리고 있었다. 다원 형처럼 빠르고 정확하게, 멋있게 움직이고 싶다.

해가 지면서 선선해진 공기가 기분이 좋다. 어디까지 달려갈지, 얼마나 더 달릴지 모르는 채로 아무 생각 없이 무작정 달리는 이 순간이 좋다. 이렇게 상쾌했던 적이 있었나 싶을 정도로 다리가 가볍다. 오후 운동까지 끝낸 상태라곤 믿어지지 않을 만큼.

입가에 미소가 지어지는 걸 느끼며 계속해서 달렸다. 끝이 어디가 될지 모를 앞만 보면서.

14

 시합에 나가겠다고 했으니 강도가 더 높아질 줄 알았는데, 오늘 오전 운동은 평소와 다르지 않았다. 몸을 풀고, 약간의 근력 운동 후에 섀도복싱을 하고, 샌드백과 미트 좀 치고, 다시 몸을 푸는 것으로 끝났다. 최근 운동량이 늘어나서인지 아니면 운동하는 시간 자체가 그리 길지 않아서 그런지, 이제 오전 운동은 별로 힘들지 않다.
 관장님은 시합 이야기를 전혀 하지 않았다. 언제쯤이 될지, 어떻게 준비해야 할지 등을 알려 줄 거라고 생각했는데, 마치 아무 일도 없었던 것처럼 굴었다. 운동을 마치고 훈련에 대해 물어보려고 했는데 통화 중이어서 그냥 인사만 하고 학교로 왔다.
 본격적으로 시합을 준비하면 학원도 가끔 빠져야 할 것이고, 그럼 지금부터 공부할 때 더 열심히 해 둬야 한다. 그런 생각을 해서인지 수업을 듣는데 평소보다 좀 더 집중이 잘되는 느낌이 들었다. 점심시간이 지나고 오후 수업이 끝날 때까지도 이런 적이 있었나 싶을 정도로 집중했다.

방과 후 희윤과 같이 버스를 타고 희윤은 학원으로, 난 체육관으로 향했다. 그런데 어쩐 일인지 체육관 문이 닫혀 있었다. 오후 운동을 하는 관원들이 이미 와 있을 시간이고, 조금만 있으면 사람들이 계속 올 텐데 아무런 안내도 없이 문을 닫은 게 이상했다.

문 앞에서 기다릴지, 지금이라도 학원에 갈지 고민이 됐다. 하지만 마음먹은 게 있으니 가방을 체육관 문 옆에 내려놓고 건물 밖으로 나왔다. 좀 달리고 오면 관장님이 와 있을지도 모른다.

멀리까지 가기에는 부담스러워 체육관 건물 주변만 크게 돌았다. 점점 날이 더워지고 있어서인지 일찍부터 땀이 나기 시작했고, 교복을 입고 뛰어서 평소보다 힘들었다.

이십 분 정도 뛰고 체육관으로 돌아왔다. 이미 땀으로 교복이 다 젖었는데 체육관은 여전히 닫혀 있었다. 문 앞에 서 있으니 건물 깊은 곳에서 새어 나오는 차가운 공기 덕분에 조금이나마 땀이 식었다.

계단에 앉아 습관처럼 휴대전화를 꺼내 SNS를 열었다. 다원 형부터 예빈 누나, 희윤의 계정까지 다 살펴봤지만 새로운 게시물은 없었다. 혼자서 시간을 보내는 건 늘 있던 일인데도, 왠지 불안하고 뭐라도 해야 할 것 같은 기분이었다.

관장님이 언제 올지 모르니 이대로 기다리기만 하는 건 별로 좋은 생각인 것 같지 않았다. 하지만 학원에 가면 그렇지 않아도 늦어서 주목받을 텐데, 이렇게 땀을 흘린 상태라면 더더욱 모두의 관심을 끌게 될 것 같아 망설여졌다.

그렇다면 갈 수 있는 곳은 독서실이나 집뿐이다. 그러나 지금 집으로 가면 왜 일찍 왔는지 설명해야 하고, 동생과 함께 시간을 보내야 한다. 다시 SNS 앱을 켰지만, 역시 새로운 건 없었다.

예빈 누나의 계정을 보다가 누나에게 메시지를 보냈다. 특별히 할 말이 있는 건 아니었지만, 누군가와 무슨 이야기라도 하고 싶었다. 내 연락처에서 지금 말을 건넬 만한 사람은 누나뿐이었다.

잠시 멍하니 앉아 있으니 누나에게 답장이 왔다. 간단한 안부를 몇 마디 나눈 후, 누나가 다원 형의 면회를 가지 않겠냐고 물었다. 이미 땀은 다 말랐지만, 교복에서 냄새가 나지 않을까 걱정되어 체크해 보았다. 다행히 냄새가 나는 것 같진 않다.

누나는 일이 끝나는 대로 체육관으로 오겠다고 했다. 그사이 관장님이 오면 좋겠다는 생각을 하면서 집중 치료실 면회 방법을 찾아봤다. 휴대전화를 꺼야 한다거나 정숙하고 조심해야 한다는 등 당연한 얘기만 나왔다.

얼마 지나지 않아 누나에게서 출발한다는 연락이 와서 가방과 교복 재킷을 챙겨 들고 건물 밖으로 나왔다. 조금 긴장이 됐지만, 쓰러진 이후로 다원 형을 처음 본다는 생각에 설레기도 했다.

버스 정류장에 앉아 한참 기다렸더니 드디어 멀리 낯익은 경차가 보였다. 정류장 근처에 선 차에 재빨리 올라탔다.

"안녕하세요."

"오랜만이네요. 잘 지냈죠?"

"네."

"운동하고 나왔어요?"

"아니요, 체육관이 닫혀서 못 했어요."

누나는 고개를 끄덕이며 살짝 웃었다.

"다원이도 좋아할 거예요. 체육관에서 같이 운동하던 친구는 처음이라서."

"아무도 면회 안 왔나요?"

"관장님만 다녀가셨어요. 아무래도 중환자실이다 보니 좀 조심스럽나 봐요. 연락은 많이 왔는데……."

꼭 내 얘기를 하는 것 같아 괜히 미안했다.

평범한 일상 이야기를 하다 보니 금방 병원에 도착했다. 면회에 필요한 수속을 다 마치곤 대기실에 앉아 주변 사람들을 살폈다. 환자복을 입고 돌아다니는 사람들, 간호사들, 사복을 입고 있는 사람들. 원래 이렇게 아픈 사람이 많나 싶을 정도로 수많은 사람이 지나다녔다.

면회 시간이 되어 휴대전화를 끄고 병실로 들어갔다. 침대 위에 누워 있는 다원 형에게 선이 잔뜩 연결되어 있어 심각한 상태인 것처럼 느껴졌지만, 형의 얼굴만큼은 편안해 보였다. 누나가 지난번에 말한 대로 푹 쉬고 있는 것처럼 보이기도 했다.

"하고 싶은 얘기 있으면 해도 돼요."

형을 가만히 보던 누나가 날 보며 작게 말했다. 고개를 끄덕이고 다시 형을 향해 시선을 옮겼다. 하고 싶은 이야기가 많았지만, 입이 잘 떨어지지 않았다. 조금 더 가까이 다가가 형의 얼굴을 빤히 쳐다봤다.

"그날……."

목소리가 갈라져 나와 작게 헛기침을 하고 말을 이었다.

"진짜 멋있었어요. 잘한다는 건 알고 있었지만, 시합을 본 건 처음이었으니까요."

침을 한 번 삼켰다. 이런 상황이 처음이라 긴장되고 어색했다.

"형이랑 좀 더 많이 이야기하고 싶고, 운동도 같이하고 싶고, 시합장에도 같이 가고 싶어요. 그러니까 힘내서 얼른 일어나세요."

그렇게 말한 뒤 괜히 누나의 눈치를 살폈다. 누나는 말없이 형만 보고 있었다.

"이번에 모금 시합이 열릴 것 같은데, 거기에 나가려고 해요. 형처럼 잘하지는 못하겠지만 그래도 한번 나가 보려고요. 열심히 해 볼 테니까 형도 힘내세요."

말을 마치고 나니 나도 모르게 몸에 힘이 들어갔다. 형이 갑자기 눈을 뜨고 일어나지 않을까? 고개를 끄덕인 것 같기도 했다.

"내일 다시 올게."

마지막으로 예빈 누나가 다원 형의 손을 잡고 말한 후, 누나와 나는 복도로 나왔다.

"시합 나가요?"

엘리베이터를 기다리면서 누나가 물었다.

"나가려고요."

누나는 작게 고개를 끄덕였다.

"나가 보고 싶어졌어요. 그날 시합에서 다원이 형, 정말 멋있었거든요. 내가 잘하고 못하고, 아니, 시합을 하고 안 하고가 중요하진 않겠지만, 나도 형처럼 그렇게 해 보고 싶기도 하고, 뭐라도 도움 되는 일을 하고 싶어서……."

정확한 마음을 표현하기 힘들어 머릿속에 떠오르는 것을 있는 그대로 얘기했다.

"다원이도 좋아하겠네요."

힘없이 웃는 누나와 함께 엘리베이터에 올랐다. 전원을 꺼 뒀던 휴대전화가 생각나 켜 보니 부재중 전화가 떴다. 모르는 번호였다. 광고 전화겠지 싶어 휴대전화를 다시 주머니에 넣고 병원 건물을 빠져나왔다.

"집까지 태워다 줄게요."

"감사합니다."

누나와 같이 집으로 돌아가는 건 꽤 기분 좋은 일이다. 형 이야기를 들을 수 있어 자연스레 형과 조금 더 가까워지는 기분이 든다. 누워 있는 형을 봐서 마음이 조금 울적해졌지만, 누나가 있으니까 곧 일어날 수 있을 거란 생각도 들었다.

주차장을 가로질러 누나의 차로 가는데 휴대전화가 울렸다. 또 처음 보는 번호였다.

"여보세요."

"하준아, 관장님인데, 학원 저녁 시간이지?"

학원을 안 가긴 했지만, 저녁 식사 시간인 건 맞다.

"잠깐 체육관으로 좀 올래?"

"네."

전화를 끊고 누나에게 말했다.

"저 체육관으로 가야 할 것 같은데요."

"지금?"

"네, 관장님이 오라고 하셔서요."

"벌써 시합 준비시키려고 하시나 보다. 관장님이 평소에는 그냥 동네 아저씨 같지만 본격적으로 시합 준비를 하면 되게 깐깐하고 무섭다고 다원이가 그랬거든요."

형이 시합을 준비하는 걸 제대로 본 적은 없지만, 적어도 마지막 시합 때는 관장님이 그다지 열심히 하진 않았던 것 같은데. 뭐, 내가 없는 곳에선 달랐을지도 모르겠다.

차가 좀 막혔지만, 집 쪽으로 갈 때보다는 훨씬 빨리 체육관에 도착했다.

"감사합니다."

"다음에 또 봐요. 다원이 보고 싶으면 언제든 연락해요!"

누나에게 인사를 하고 차에서 내렸다. 저녁 시간이라 그런지 아이들이 학원 앞을 들락날락하는 게 보였다. 희윤이 있을지도 모른다는 생각에 주위를 잠깐 살펴보다가 체육관으로 향했다.

텅 빈 체육관에 관장님이 누군가와 대화하는 소리가 작게 들렸다. 사무실 쪽으로 가니 관장님과 코치님이 이야기 중이었다.

"안녕하세요."

"어, 왔어?"

사무실 안으로 들어가자 관장님이 앉으라며 맞은편 자리를 가리켰다.

"일단은 그렇게 하자. 나중에 상황 봐 가면서 시간 조정을 하더라도."

"예, 그러죠."

내가 자리에 앉자마자 코치님은 고개를 끄덕이곤 밖으로 나가 버렸다.

"너, 진짜 시합 나가고 싶어?"

"네."

"왜? 스파링조차도 안 하려던 애가 갑자기 왜 시합을 하겠다는 거야?"

"이번엔 하고 싶어요."

"본격적인 대회나 큰 시합보단 훨씬 덜하겠지만, 그렇다고 아주 가벼운 시합은 아니야. 조그맣게 하는 생활 체육 대회보다는 수준이 높아. 그리고 많은 사람에게 알리고 도움을 받으려는 거다 보니 좀 하는 선수들을 모아서 유튜브로 중계도 할 거라더라."

"네, 괜찮아요."

"무작정 괜찮다고 할 게 아니라니까? 나오는 선수들이 그냥 취미로 하는 사람들이 아닐 거란 말이야. 선수야, 선수. 스파링 하는 것처럼 가볍게 하지도 않을 거라고. 봐야 알겠지만, 성인이랑 시합해야 할 수도 있어."

"네."

내 대답을 들은 관장님이 크게 한숨을 쉬었다.

"한두 달 안에 하게 될 텐데, 그럼 준비도 제대로 해야 해. 대충 뛰고 내려올 생각이 아니라면 테크닉이나 스킬은 차치하더라도 체력이나 근력 훈련을 지금보다 몇 배는 강하게 해야 하고, 시합 준비하는 데 시간을 다 쏟아부어야 한단 뜻이야."

"네, 알겠습니다."

관장님은 날 빤히 보다가 답답하다는 듯 또 한숨을 쉬었다.

"아니, 왜 갑자기 하겠다는 거야?"

"관장님도 시합이랑 스파링 많이 해 봐야 는다고 하셨잖아요."

"그건 작은 시합 얘기지. 이건 달라. 그렇다고 이게 큰 대회도 아니지만……. 아무튼, 진짜 빡세게 준비하고 제대로 해야 하는 거라 하준이 네가 당장 나갈 만한 시합이 아니야. 다음에 구에서 주최 하는 생활 체육 대회에 나가자. 여름 방학쯤이면 열리니까."

"전 이번 시합에 나가고 싶어요."

관장님이 인상을 살짝 찌푸렸다.

"설명하긴 힘들지만, 이번 시합에 꼭 나가고 싶어요. 제가 열심히 하고 잘한다고 다원이 형이 일어나는 건 아니겠지만……. 그래도, 어떻게든 조금이라도 도움이 되고 싶어요. 지금이 아니면, 이 시합이 아니면 안 될 것 같아요."

관장님은 또다시 긴 한숨을 내쉬었다.

"나 참, 아무리 스파링을 하라고 해도 안 하고 구석에서 샌드백만 치던 애가……."

한숨을 연이어 뱉던 관장님이 내 눈을 바라보며 물었다.

"진짜 하고 싶어? 많이 힘들 거야. 준비도, 시합도. 대충 그냥 한 번 나가 볼 생각인 거면 지금 말해."

"그런 거 아니에요."

"공부에 집중하기도 어려울 거야. 지금 네 수준에서 선수로 나가려면 오후에도 빡세게 운동해야 하니까. 진짜 제대로 준비해서 나가고 싶어?"

"네."

드디어 관장님이 고개를 끄덕였다.

"알겠다. 그럼 이번 주말부터 본격적으로 운동 시작하자."
"네!"

관장님께 꾸벅 인사를 하고 체육관에서 나왔다. 진짜 복싱 선수가 된 것만 같은 기분에 흥분이 되었다. 내가 링 위에서 멋지게 주먹을 뻗는 모습을 상상했다. 상대의 주먹을 빠르게 피하고 곧바로 공격하던 다원 형처럼.

버스 정류장을 향해 걷다가 달리기 시작했다. 모든 것의 기본은 러닝이니까. 지금부터 빡세게 준비해야 하니까.

15

"아직 다섯 세트밖에 안 했어. 두 세트 더 해야 끝나!"

관장님의 목소리를 들으며 푸시업을 했다. 바닥에는 땀이 흥건했고 팔이 덜덜 떨렸지만 이를 악물었다. 하지만 서른 개를 하고 나니 더 버틸 수가 없어 바닥으로 엎어졌다.

"일어나. 일어나서 쉬어. 두 세트 남았어."

간신히 몸을 일으켰다. 관장님은 주말부터 본격적으로 훈련을 하자고 해 놓고선 바로 다음 날부터 날 붙들고 운동을 시켰다. 근력 운동이 엄청나게 늘어났고, 러닝 또한 늘었으며, 샌드백과 미트 훈련, 스피드 백을 치는 시간도 길어졌다.

덕분에 하루 일과도 달라졌다. 오전에 운동하는 시간이 한 시간 늘면서 기상 시간도 빨라졌고, 방과 후 학원 석식 시간 전까지 오후 운동도 한다. 덕분에 집에 도착하면 도무지 무언가를 더 할 수 없는 상태가 되어 바로 곯아떨어진다.

주말에는 아예 종일 운동만 한다. 오후 운동까지 마친 뒤에야 독서실로 가 공부를 조금 하고, 귀가해 또 쓰러지듯 잠든다. 진짜 운동선수가 된 것 같다. 아직 시합 일정이 확실히 잡히진 않았지만 조만간 결정될 것이라고 하니, 지금부터 열심히 준비해 둬야겠지.

관장님은 이렇게 한 달 정도 하면 실력이 눈에 띄게 달라져 있을 거라며 내가 체육관에 있는 동안에는 다른 관원들이 와도 내 옆에 붙어 있다. 대신 코치님이 체육관에 매일 나와 관원들의 운동을 봐 주고 있다.

하지만 오늘은 체육관에 관장님과 나뿐이다. 내일까지 코치님이 못 나온다고 해서 개인 운동을 할 사람만 나오라고 공지했기 때문이다.

다원 형이 시합 준비를 할 때도 이랬을까. 이렇게 꾸준히 운동하면 나도 링 위에서 형처럼 멋지게 움직일 수 있을까.

기초 근력 운동이 끝나고 미트 훈련에 돌입했다.

"한 스텝 더 들어오란 말이야. 주먹을 뻗기 전부터 빠질 생각 먼저 하면 절대 제대로 맞힐 수 없어."

관장님이 미트 낀 손으로 손뼉을 치며 말했다.

"자, 다시 들어와서 원투."

한 발 더 뻗고 들어가서 미트를 때렸다.

"그렇지! 좋다."

관장님의 지시에 따라 미트를 힘껏 쳤다. 그럴 때마다 팡! 팡! 소리가 울렸다. 한참 이어진 미트 훈련 때문인지, 점점 더워지는 날씨 때문인지 땀이 자꾸 흘러 눈을 뜨기가 쉽지 않았다.

"삐—!"

타이머가 울렸다. 관장님은 고생했다는 말과 함께 미트를 벗고 카운터 쪽으로 갔다. 나는 글러브를 낀 채로 그대로 바닥에 주저앉았다.

"하아……."

엄청 힘들긴 하지만, 재밌다. 몸도 조금씩 달라지고 있는 것 같다. 괜히 하겠다고 했나 하는 후회가 들 때도 있지만, 그건 정말 너무 힘들 때 잠깐뿐이다.

"어이."

체육관 문이 열리고 황 관장님이 들어왔다.

"안녕하세요."

"응, 그래."

내게 손을 들어 보인 황 관장님은 관장님을 보며 소리쳤다.

"아유, 벌써부터 담금질이야? 소리가 아주 복도까지 빵빵 울려서 미트 터지는 줄 알았네."

"오버하지 마. 아직 멀었어."

관장님과 황 관장님은 사무실로 들어가지 않고 한쪽 구석에 서서 날 보며 이야기했다.

"왜, 꽤 한다 그랬잖아. 다원이 다음 주자라며?"

"아직 한참 멀었어. 말이 그렇단 거지. 시합 전까지 확실한 거 하나라도 만들면 다행이지."

"연막전 살벌하다? 뭘 나한테까지 그러냐."

"칠 연막도 없어. 뭐가 있어야 연막이라도 치지."

내가 뻔히 듣고 있는데 두 사람은 전혀 신경 쓰지 않는다는 것처럼 대화했다.

"넌 늘 그래, 늘. 현역 때도 어디가 아프니, 뭐가 문제니 해 놓고 링에 올라가면, 어?"

관장님은 대답하지 않고 내 쪽으로 오더니 물병을 내밀었다.

"감사합니다."

"그래서, 왜 왔어?"

"왜 오긴, 그냥 지나가는 길에 잠깐 들른 거지. 야, 이거 쉽지가 않다."

관장님이 내 앞에 의자를 끌어다 놓자 황 관장님도 의자를 가져와 내 옆에 앉았다.

"넌 일어나서 줄넘기 백 개 하고, 스트레칭한 뒤에 쉬어."

"네."

글러브를 벗고 몸을 일으켜 줄넘기를 시작했다. 관장님과 황 관장님은 굳이 내 앞에서 날 빤히 보면서 이야기를 이어갔다. 상당히 부담스럽다.

"대관은 했어?"

"그게 말이야, 저기서 아직 확답을 안 줘서. 일정을 확인해 보겠다더니 말이 없어."

"그럼 안 한다는 거 아니야?"

"확인해 본다고 했으니까, 안 되면 안 된다고 말을 하겠지. 친구끼리 약속 잡는 것도 아니고 이런 일을 그냥 말없이 째? 그래도 배우인데 그렇게 하겠어?"

"오히려 배우니까 그럴 수 있는 거 아니야? 아쉬운 사람만 속 타는 거지. 연예계 바닥이 원래 깔끔한 데도 아니고."

"에이, 요즘 배우들은 안 그래."

관장님이 피식 웃었다.

"요즘 배우들이 그런지, 안 그런지 어떻게 알아?"

"21세기 아니냐. 엠제트. 요즘은 옛날처럼 하면 큰일 나지."

"결국 정확히 알지도 못한단 소리 아녀."

"어쨌든 뛰어 준다고만 하면 너무너무 땡큐잖아. 엄청 잘나가는 건 아니지만, 그래도 이름 좀 알려진 영화배우가 시합에 나온다고 해 봐. 조그만 기사라도 하나 더 나지. 우리가 무슨 입장권을 팔 것도 아니고, 한 사람에게라도 더 알리고 도움을 받자는 건데. 솔직히 그 정도 이름값이면 큰손들도 어깨 올리면서 주머니 좀 풀 수 있잖아."

"그래, 그건 알아서 하고, 빨리 대관하고 일정 좀 잡아 봐. 일정이 잡혀야 맞춰서 뭘 하지."

"지금 잘하고 있는 것 같은데, 뭐."

두 사람의 시선이 또 내게로 모였다. 신경 쓰지 않으려고 숫자를 세는 데 집중했다. 삼십이, 삼십삼, 삼십사, 삼십오…….

"아무튼 그 배우에게 답변이 오면 일정 픽스야. 그 양반이 뛰면 총 여섯 시합, 안 되면 다섯 시합."

"알겠어."

"얘 상대도 열심히 찾고 있어. 내 맘 같아선 꼭 '그 녀석'이랑 붙이고 싶은데……."

"그 얘긴 나중에 해."

줄넘기를 끝내고 스트레칭을 했다. 두 사람의 이야기는 이제 내가 모르는 옛날이야기로 넘어가 있었다. 선수 시절에 누가 어쨌다고 하더라 같은 것들.

스트레칭까지 다하니 관장님이 기다렸다는 듯 의자에서 일어나 수건을 건넸다.

"씻고 와."

관장님 말대로 씻고 나오자 황 관장님의 모습은 이미 보이지 않았다. 관장님은 카운터 앞에 앉아 휴대전화를 보며 반대 손으로는 턱을 쓸어내리고 있었다. 내가 가까이 다가가자 관장님이 자리에서 일어났다.

"바로 학원으로 갈 거야? 시간 좀 있어?"

"예."

"이리 와 봐."

관장님은 체육관 바닥에 엎드리라고 하고선 등부터 마사지를 시작했다.

"할 만해? 힘들지? 아직 무를 수 있으니까 못 하겠으면 말해."

"할 수 있어요."

관장님이 아무 말 없이 내 팔을 붙들고 어깨 쪽을 주물렀다. 시원하기도 하고, 아프기도 한 관장님의 마사지를 받으면서 눈치를 조금 살피다 물었다.

"이번 시합에 배우가 나와요?"

"몰라, 어떻게든 사람들 관심받고, 모금도 잘되게 하려고 황 관장이 신경 쓰고 있나 봐. 배우가 나온다고 하면 아무래도 다들 관심을 좀 가지잖아. 마침 우리 선배가 하는 체육관에서 훈련하는 배우가 있다더라고."

배우가 선수로 나온다면 진짜 큰 시합이 되는 거 아닌가?

"아직은 몰라. 배우라면 촬영 일정도 있을 거 아니야. 다치기라도 하면 큰일 날 거고. 그래도 황 관장이 열심히 노력해 주고 있으니까 잘되겠지. 황 관장이 그런 거 하나는 잘해. 걘 프로모터(예능인이나 프로 선수 따위의 흥행을 기획하는 사람)를 하는 게 맞아. 괜히 기술도 없는 게 가르친다고 깝치지 말고."

평소 두 사람이 하던 얘기와 분위기를 생각해 보면 진담인지 농담인지 헷갈린다.

"그건 그렇고, 집에선 별말 안 해?"

"예."

그럴 수밖에. 아무 얘기도 안 했으니까.

1. 석식 시간 전까지의 학원 수업을 빼먹고 있다.
2. 대신 그 시간에 복싱을 한다.
3. 다원 형 병원비 모금 시합에 나갈 것이기 때문에.

이 세 가지 중 한 가지만 말해도 난리가 날 것이다. 단지 마음에 안 든다는 이유로. 시합 때까지만 조용히 지나가면 아무도 모르는 일이 된다. 굳이 시끄러운 일을 만들 필요는 없다.

"부모님이 이해심이 있으시네. 부모님께 잘해. 아프거나 불편한 데는 없어?"

관장님이 허벅지 뒤쪽을 꾹꾹 누르면서 다시 물었다.

"예, 힘들긴 해도 아프지는 않아요."

"어디 조금이라도 이상하면 바로 말해. 놔두면 큰일 생겨. 앉아 봐."

그 후로 관장님은 입을 꾹 다문 채로 내 팔과 등을 조금 더 주물러 주고는 마지막으로 등짝을 한 대 치더니 자리에서 일어났다.

그러곤 어서 가라는 듯 손을 휘휘 저었다.

"감사합니다."

"그래."

평소에는 분식집이나 편의점에서 뭐라도 간단히 먹지만, 오늘은 학원 수업에 늦을 것 같아 바로 학원으로 갔다. 때문에 수업을 듣는 동안 배가 고프고 졸려서 수업 내용이 잘 들리지 않았다. 그렇지만 학원 진도가 조금 더 빠르니까 학교 수업 때 다시 잘 들으면 될 것이다.

수업이 끝난 후 밖으로 나와 주변을 살폈다. 복도에는 수업을 마친 아이들이 빠르게 엘리베이터 쪽으로 움직이고 있었다. 교실 문 앞에 서서 눈동자를 빠르게 굴리다가 가장 구석진 교실에서 나오는 희윤을 발견했다. 희윤도 날 보곤 살짝 웃었다.

"오늘은 러닝 안 해?"

"응, 너무 힘들어서 그냥 버스 타려고."

요즘 집까지 달려가느라 희윤과 함께 돌아가지 못했는데, 오늘은 버스를 타고 가는 편이 좋을 것 같았다. 운동이 힘들기도 했고, 배가 고프니 몸에 기운이 없다.

우리 둘은 학원 건물을 빠져나와 버스 정류장으로 갔다. 학교에서도 쉬는 시간이나 점심시간엔 너무 졸려 같이 이야기를 많이 하지 못했다. 아니, 생각해 보면 그 전에도 학교에서는 대화를 별로 나누지 않았다. 학원으로 가는 길이나 학원에서 집으로 갈 때

해 왔지.

"오늘은 안 힘들었어?"

"관장님이 매일매일 운동을 더 세게 시키셔서 점점 힘들어져."

"날짜는 아직 모르지?"

"계속 조율 중인가 봐. 배우가 나올 수도 있대."

"배우?"

"응, 누군지는 모르지만 복싱하는 배우가 있대."

"그럼 시합도 되게 커지겠네."

"그럴 거 같아."

때마침 도착한 버스를 타고 돌아가는 동안 학원 이야기를 했다. 수업이 어렵다거나, 학원 석식 시간이 짧아서 제대로 밥을 먹기가 애매하다거나……. 그런 이야기를 하다 보니 막상 우리가 함께 나눌 수 있는 얘깃거리가 학교나 학원, 가끔 다원 형에 대한 것 말곤 없다는 생각이 들었다.

대화가 자연스레 멈췄을 때쯤 버스가 집 앞에 도착했고, 우리는 버스에서 내려 각자의 집으로 향했다. 희윤과 좀 더 대화를 많이 하고 싶지만, 무슨 말을 더 할 수 있을지 모르겠다. 시합을 하고 나면 조금은 달라질까. 그땐 내 시합에 대해 떠들게 될까.

16

평균 3등급.

모의고사 성적표가 나왔다. 이미 예상했었지만, 눈으로 직접 확인하고 나니 또 마음이 답답해졌다. 시합 준비 덕분에 모의고사를 잊고 있었는데……. 이대로라면 다음 모의고사든, 중간고사든 이후 시험에서 더 나은 성적을 받을 것 같지 않다.

마음이 무겁고 생각이 많아지니 운동을 하고 싶어졌다. 미트나 샌드백을 치거나, 하다못해 러닝이라도 하고 싶다.

종례가 끝나고 가방을 챙겨 교실을 나왔다. 학교를 빠져나가는 아이들과 함께 운동장을 가로지르는데 어느새 희윤이 내 옆에서 나란히 걷고 있었다.

"성적 잘 나왔어?"

"아니."

"많이 안 좋아?"

"풀이 때랑 비슷해."

"뭐, 첫 모의고사니까."

내가 많이 우울해 보였는지 희윤은 버스를 타고 가는 동안에도 괜찮다며 날 위로했다. 덕분에 조금은 기분이 나아진 것 같다.

학원으로 가는 희윤과 인사를 하고 편의점에서 삼각김밥을 하나 먹은 뒤, 체육관으로 향했다.

"안녕하십니까."

인사를 하며 들어가니 관장님이 어서 오라는 듯 손짓했다.

"이리 와."

트레이닝복 차림의 덩치 큰 남자가 관장님 앞에서 샌드백을 치고 있었다.

"야, 너도 와. 둘이 인사해."

관장님이 남자를 부르자 그가 우리 쪽으로 돌아섰다. 익숙한 얼굴. 다원 형의 친구 민기였다.

"안녕하세요."

민기는 손을 흔들고는 보란 듯 섀도복싱을 시작했다.

"오늘부터 쟤랑 스파링 좀 하자."

"예?"

"너무 세게는 안 할 거니까 걱정 마. 쟤가 복싱 안 한 지 오래되긴 했어도, 기본기는 착실히 닦았으니 도움이 될 거야."

미리 말도 없이 갑자기 스파링이라니. 게다가 민기는 나보다 체급도 훨씬 높다.

"일단 빨리 몸부터 풀어."

늘 하던 대로 줄넘기와 섀도복싱을 한 뒤 관장님의 지시대로 미트 훈련을 했다. 슬쩍 눈을 돌려 보니 민기는 혼자서 샌드백을 치고 있었다. 분명 다원 형과 같이 복싱을 시작했다고 했는데, 전혀 복싱 선수의 움직임으로 보이지 않는다. 스텝도 전혀 뛰지 않고 그저 팔을 붕붕 휘두르며 소리만 크게 나도록 친다. 어쩌면, 해볼 만할지도 모르겠다.

"이 정도면 됐어. 가서 헤드기어랑 마우스피스 끼고 와."

탈의실 사물함에서 마우스피스를 꺼내 물었는데, 갑자기 팔에 힘이 들어가지 않았다. 심장도 점점 빨리 뛰었다. 크게 심호흡을 하고 나와 한쪽 편에 있는 헤드기어를 집어 들었다. 헤드기어까지 쓰니 다원 형과 처음 스파링 했을 때가 떠올라 긴장됐다.

링으로 들어가기 전 간단히 스트레칭을 했다.

"분명히 말했어. 세게 하지 마."

"알아요, 알아. 고딩 두들겨 패도 얻을 거 하나 없는데 세게 하겠어요?"

"얘 다치면 너 여기서 곱게 못 나간다."

"알겠다니까요."

민기는 인상을 쓰고 대답하더니 입고 있던 트레이닝복 상의를 벗었다. 몸을 휘감은 문신이 눈에 확 띄었다. 트레이닝복을 바닥에 던진 민기가 마우스피스를 물고 글러브를 꼈다.

"삼 분씩 다섯 라운드야. 들어가."

민기와 같이 링에 올랐다. 나보다 키가 10센티미터 정도는 큰 것 같다. 좁은 링 안에 서 있으니 덩치도 훨씬 더 커 보인다.

"야, 죽을 각오로 들어와. 그냥 스파링이라 생각하고 슬슬 움직이면 다쳐."

마우스피스 때문에 민기의 발음이 뭉개졌다. 관장님은 나를 끌고 코너로 향하더니 내 양 볼을 붙잡고 작게 말했다.

"지금까지 미트 치면서 했던 거 기억하지? 주눅 들지 말고 배운 대로 해. 잽 파워는 있어도 느리니까, 눈 감지 말고 잘 봐."

"예."

그러자 관장님이 다시 내 팔을 끌고 링 가운데로 향했다. 민기와 마주 섰다.

"하드 스파링 아니야. 다치지 않게 해. 알겠지?"

관장님의 신호에 따라 라운드가 시작됐다. 가볍게 스텝을 뛰면서 옆으로 크게 한 바퀴 돌았다. 민기는 가운데에 서서 내가 도는 방향으로 맞서기만 할 뿐 전혀 다가오지 않았다. 그런데도 엄청난 압박감이 느껴졌다.

"잽! 잽 던져!"

관장님이 외치는 소리에 한 발 안으로 들어가며 가볍게 왼손을 뺐었다. 헤드기어를 쓰지 않은 민기는 내 주먹을 가드도 없이 고 갯짓만으로 피했다.

반보 뒤로 빠졌다가 다시 한 발 앞으로 내딛으며 재차 왼쪽 주먹을 뺐었다. 하지만 이번에도 몸을 살짝 움직여 피한 민기가 때려 보라는 듯 자신의 볼을 두드리며 씩 웃었다.

어떻게 해야 맞힐 수 있을지 모르겠다. 민기는 아직 단 한 번도 주먹을 뺀지 않았지만, 그럼에도 쉽게 들어갈 수가 없다.

"후우."

크게 링을 돌며 숨을 한 번 뱉었다.

"뭐 해? 계속 돌기만 할 거야?"

민기가 뭉개지는 발음으로 소리쳤다.

하나, 둘. 속으로 박자를 세며 스텝을 밟다가 안으로 파고들며 잽과 스트레이트를 연속으로 뺐었다. 하지만 민기는 이번에도 둘 다 가볍게 피해 냈다.

"보여. 뭘 하려는지가 너무 잘 보인다고."

한 대라도 맞추고 싶어 한 발 더 들어가 주먹을 휘둘렀다.

팡!

뭔가가 얼굴을 강하게 쳤다. 나는 그대로 엉덩방아를 찧으며 쓰러졌다. 눈앞이 깜깜해져 놀라서 고개를 흔들었다.

"뭐 하냐?"

주변이 밝아지며 천천히 앞이 다시 보였다. 바닥을 짚고 일어섰지만 여전히 머리가 살짝 울린다. 뭘 맞은 건지 보지도 못했다. 분명 내가 주먹을 휘두르고 있었는데…….

"그냥 툭 친 거야. 엄살 부리지 마."

민기의 말과 동시에 관장님이 다가왔다.

"괜찮아? 그만할까?"

"아니요, 할 수 있어요."

내 말에 관장님이 옆으로 물러났고, 난 민기와 다시 맞섰다.

"너무 보인다니까. 더 움직여, 더."

민기가 웃으며 말했다. 또 뭔가를 맞고 쓰러질지 모른다고 생각하니 망설여졌지만, 그렇다고 빙빙 돌기만 할 수는 없다. 어떻게든 한 대라도 맞춰 보고 싶다.

페인트를 주려고 스텝을 밟다가 속으로 박자를 세며 들어갔지만, 여전히 내 주먹은 허공만 가를 뿐이었다. 결국 시간이 다 될 때까지 같은 상황이 반복됐다.

1라운드가 끝나자 관장님이 물었다.

"지쳤어?"

"아니요."

"쟤가 보인다고 한 게 무슨 뜻인지 알아? 하준이 넌 너무 정박에 움직여. 박자를 쪼개서 들어가고, 나가고, 흘리고, 잡으면서 계속 헷갈리게 만들어야 해."

2라운드가 시작됐지만 달라진 건 없었다. 민기는 뒤로 물러나지도, 내 쪽으로 다가오지도 않고 가운데 서서 내 주먹을 상체 움직임만으로 피했다. 그러다 내가 빠질 때쯤 주먹을 뻗어 내 얼굴을 노렸다. 처음엔 주먹이 나오는지도 모르고 얻어맞았지만, 나중에는 이때쯤 주먹이 나오겠구나 파악하고 피할 수 있었다.

하지만 세 번째 라운드가 지나니 슬슬 짜증이 났다. 관장님이 하는 말도 더는 귀에 들어오지 않았다.

다음 라운드가 시작되었다. 나는 더 많이 움직이며 아까보다 깊숙이 들어갔다. 한두 발짝씩 뒤로 물러나던 민기는 점점 가드를 올리며 내 주먹을 막기 시작했다. 그럼에도 여전히 민기의 얼굴을 맞힐 수 없었다. 대신 그의 주먹이 내 얼굴에 여러 번 얹혔다.

결국 5라운드까지 그렇게 흘러가며 스파링이 끝나고 말았다. 민기는 일이 늦었다는 말과 함께 빠르게 돌아가 버렸고, 나만 허탈하게 링 위에 앉아 있었다. 헤드기어를 벗으니 얼굴 여기저기가 욱신거렸고 머리가 웅웅 울리는 것 같았다.

"괜찮아? 어지럽진 않아?"

"괜찮아요."

"해 보니까 어때?"

"짜증 나요."

"어?"

"아무것도 못 해서 짜증 나요. 계속 피하고 막느라 제대로 맞히질 못해서, 그게 너무 짜증 나요."

관장님은 아무 말도 하지 않았다. 앉은 채로 혼자 씩씩대다 일어서니 어느새 관장님이 미트를 끼고 내 앞에 서 있었다.

"아까 하던 대로 원투 해 봐."

관장님의 말에 따라 미트를 다시 쳤다. 조금 전의 민기를 떠올리며 더 강하게 주먹을 휘둘렀다.

"힘 빼. 힘이 들어가면 더 느려져. 그럼 절대로 못 맞혀. 힘 빼고 툭툭. 빠르게 툭."

한참 더 미트 훈련을 했다. 스파링에서 진 것이 분해서 그런지 힘들다는 느낌도 없었다.

"오늘은 이 정도만 하자. 씻고 나와."

훈련이 다 끝났는데도 여전히 분이 풀리지 않는다. 답답하다. 맞고 넘어졌던 첫 한 방 말고는 크게 걸렸던 건 없다. 그렇지만 한 번도 제대로 맞히지 못한 게 너무 짜증이 났다.

샤워를 하며 거울을 보니 코가 빨간 게 약간 부은 것 같았다. 슬쩍 손을 대자 통증이 느껴졌다. 괜찮겠지 싶어 그대로 몸을 닦고 옷을 갈아입었다. 밖으로 나오자 관장님이 나를 빤히 보다가 가까이 다가와 내 코를 살짝 만졌다.

"아파?"

"조금요."

"저거, 살살 하라니까."

관장님은 혀를 차며 조금 더 이리저리 살펴보더니 말했다.

"뼈에 이상이 있는 것 같진 않으니까, 일단 좀 보자. 고생했다."

관장님께 인사를 하고 밖으로 나왔지만 아직도 답답함이 가시지 않는다. 그때 이렇게 했다면, 좀 더 빠르게 움직였다면, 오른쪽으로 한 발 더 들어갔다면…… 온갖 후회가 밀려왔다.

밥 생각도 나지 않아 바로 학원으로 가서 수업을 듣고, 희윤과 인사만 한 뒤 집까지 달렸다. 가만히 있으면 자꾸 아까 한 스파링이 생각나 몸이라도 움직여야 했다.

한참을 달려 집 앞에 도착했지만, 기분은 조금도 나아지지 않았다.

현관문을 열고 집 안으로 들어가니 다들 잠들기라도 한 건지 조용했다. 아무래도 자기 전에 샤워를 한 번 더 해야겠다.

방으로 들어서자 엄마가 침대에 걸터앉아 있었다.

"너, 오늘 모의고사 성적표 나오는 날이지? ……어?"

엄마는 미간을 찌푸리다가 놀란 듯 눈이 동그래져서 다가왔다.

"얼굴이 왜 이래? 싸웠어?"

"아니야."

얼굴을 잡으려는 엄마의 손을 뿌리쳤다.

"어디 봐. 코가 부어 있잖아. 누가 때렸어?"

"아무것도 아니라니까."

계속 내 얼굴을 만지려는 엄마를 피해 고개를 숙였다.

"왜 그래?"

내 목소리가 좀 컸는지 어느새 아빠도 방에 들어왔다. 두 사람은 가만히 서서 날 바라봤다. 숨이 턱턱 막히는 기분이다.

"여기 앉아 봐."

엄마가 책상 의자를 끌어당기며 말했다. 밖으로 나가고 싶었지만 아빠가 방문 앞에 서 있어 어쩔 수 없이 의자에 앉았다.

한동안 날 보고 있던 엄마는 다시 침대에 걸터앉아 한숨만 연신 쉬다가 물었다.

"너 요즘 학원 잘 가고 있어?"

뭐라고 대답할지 고민하고 있는데 엄마가 말을 이었다.

"학원에서 연락 왔었어."

이미 다 알고 있으면서 왜 물어본 거야? 또 짜증이 났다.

"한두 번 빠지긴 했는데 다 빠진 건 아니야. 석식 시간 뒤 수업은 갔어."

"학원 빠지고 어디 가서 뭐 했어?"

"체육관 갔어. 왜."

엄마는 날 가만히 보기만 했다. 점점 더 속이 시끄러워졌다.

"모의고사는 어떻게 됐어?"

대답 대신 가방을 뒤적여 아까 받은 성적표를 엄마에게 건넸다. 엄마는 말없이 성적표를 확인하더니 옆에 내려놓고선 날 빤히 쳐다봤고, 곧 아빠가 그걸 집어 들었다. 그러곤 바닥에 툭 던지며 말했다.

"복싱 당장 그만둬."

"싫어. 시합도 나갈 거야."

"지금 성적이 이렇게 나왔는데 계속 체육관을 다니고 아예 시합까지 나가겠다고? 너 복싱 선수 할 거야?"

"여보."

아빠의 언성이 높아지자 엄마가 말렸다. 하지만 아빠는 계속해서 날 몰아붙였다.

"생각이 있는 거야, 없는 거야, 어?"

갑갑하다. 세상이 하루 종일 나를 조여 오는 기분이다. 성적표를 받은 순간부터 스파링까지, 내 뜻대로 되는 게 아무것도 없다. 차라리 더 늦게 들어왔다면 이런 일은 없었을 텐데.

"너, 네가 알아서 잘한다고 했지?"

"알아서 잘하고 있어."

속이 계속 답답해져서 소리라도 지르고 싶었다.

"알아서 잘하는 게 이거야?"

아빠가 바닥의 성적표를 가리키며 말을 이었다.

"매번 알아서 잘한다, 잘한다 했지. 그래서 믿고 놔뒀더니……."

"믿은 적 없잖아."

"……뭐?"

"믿고 놔둔 게 아니라 그냥 놔둔 거잖아. 현준이 때문에 나한테 신경도 안 쓴 거잖아."

"너 지금 그게 무슨 소리야?"

"무슨 말인지 알면서 모른 척하지 마. 난 그거 가지고 뭐라고 한 적도 없고, 뭐라고 할 생각도 없어. 어차피 기대도 안 하고, 바라지도 않아."

"너!"

큰소리를 치려는 아빠를 엄마가 막았다.

"계속 말했잖아. 아무것도 바라는 거 없으니까 내버려두라고. 내가 뭐 해 달라고 한 적 없잖아. 믿느니 어쩌니 하지 말고 그냥 놔두라고. 그냥 다 싫으니까 좀 놔둬, 제발. 혼자 조용히 살고 싶어. 아무에게도 피해 안 주고 살 테니까, 엄마든 아빠든 날 위한다는 말 하지 말고 그냥 가만히 내버려두라고!"

나도 모르게 속마음이 전부 터져 나왔다. 지금까지 잘 참고 있었는데 왜 그랬는지 모르겠다.

엄마도, 아빠도 아무 말이 없었다. 방 안에 어색한 침묵이 흘렀다. 갑자기 소리를 친 탓인지 머리가 띵하고 코도 아파 왔다. 코피가 나는 게 아닐까 싶을 정도로 찡했다.

엄마는 멍한 얼굴로 날 쳐다보고 있었고, 아빠는 굳은 표정으로 바닥만 내려다보고 있었다.

어떻게 해야 할지 몰라 밖으로 나가려는데 엄마가 내 손을 잡았다. 뿌리칠 수도 있었지만, 그대로 멈춰 섰다. 그러자 엄마는 내 손을 더 꼭 잡았다. 그러곤 한동안 말이 없었다.

아빠가 길게 한숨을 쉬자 그제야 엄마가 입을 열었다.
"……하준아."
엄마 목소리에 또 코가 찡 울렸다.
"하준이가…… 그런 줄 몰랐어. 하준이도 힘들었을 텐데. 늘 어른스럽고, 공부도, 다른 일도 속 썩이는 일 없이 너무 잘해 주니까, 조금 못 챙겨 줘도 괜찮을 거라고 생각했어. 하준이는 당연히 알아서 잘하니까……."
엄마는 잠시 숨을 고르더니 말을 이었다.
"그렇게 생각하는 만큼 엄마랑 아빠가 더 신경 써 주고, 더 챙겼어야 했는데. 못 그래서 미안해."
엄마의 목소리가 작게 떨렸다. 무슨 말이라도 하고 싶었지만, 입 밖으로 나오지를 않았다.
"엄마랑 아빠가 그동안 무심하게 굴어서 미안해. 하준이한테 늘 고마운데, 그런 만큼 더 표현을 잘 했어야 했는데…… 미안해."
머리가 자꾸만 울리고 코가 찡하다.
"엄마는 우리 하준이랑 현준이가 행복하게, 바르게 잘 컸으면 좋겠어. 엄마가 잘 몰라서 돌보는 게 서툴렀을 때도 하준이는 항상 차분하고 어른스러워서 엄마가 얼마나 고마웠는지 몰라. 현준이 태어나고 나서는 엄마도 힘들고…… 그래서 하준이한테 많이 의지했지. 아무리 그래도 하준이한테 부담을 주면 안 되는 거였는데, 엄마도 너무 힘들어서 그랬어."

계속 코가 아프다. 찡하고 울릴 때마다 눈물이 흐르려고 한다.
"아빠도 마찬가지야. 하준이한테는 모질게 말해도 엄마랑 있을 땐 늘 하준이가 있어서 참 다행이라고, 든든하다고 그랬어. 하준이 없었으면 우리 어쩔 뻔했냐고."
엄마가 코를 훌쩍였다. 아빠는 그대로 눈을 꼭 감았다.
관장님이 계속 아프면 병원에 가 봐야 한다고 했는데, 코 때문에 자꾸만 눈물이 흐른다. 뼈에는 문제가 없다고 했는데 왜 이러는 거지? 어딘가가 잘못된 걸까.
"……엄마가 미안해."
그렇게 말한 엄마는 고개를 숙이고 흐느꼈다. 아빠는 천장을 올려다보고 크게 한숨을 쉬더니 거실로 나갔다.
잠시 멍하니 서 있다가 집 밖으로 나왔다. 혼자 조용히 있고 싶었다. 어색하고 불편해 가만히 있을 수가 없었다.
밤이라 그런지 공기가 선선했다. 바람을 맞고 있으니 기분이 좀 나아지는 것 같았다. 코의 통증도 조금씩 가라앉았다.
편의점 앞에 놓인 의자에 앉아 밤하늘을 보고 있으니, 하루 동안 있었던 일들이 머릿속에서 다 뒤섞였다. 괜히 또 코가 매웠다.
코를 훌쩍이며 눈을 깜빡이다 발소리가 들려 고개를 돌렸다. 아빠가 내 쪽으로 오고 있었다. 자리를 피하려다 가만히 아빠를 바라보았다.
내 앞에 선 아빠가 무슨 말을 하려는 듯 입을 움찔거렸다. 지금이라도 자리를 피해야 하나. 아빠는 아랫입술을 꼭 물더니 더 가까이 다가왔다. 그러곤 내 어깨에 손을 올렸다. 아빠의 손이 작게 떨리는 것 같았다. 여전히, 아빠의 입에서는 아무런 말도 나오지 않았다.

아빠는 곧 아파트 단지 출입구 쪽으로 되돌아갔다. 한마디라도 할 줄 알았는데, 그냥 그렇게 가 버렸다. 어딘가 힘이 없어 보이는 아빠의 뒷모습을 보다가 다시 하늘을 올려다봤다.

또 코가 얼얼하다. 정말 병원을 가 봐야 할지도 모르겠다.

17

"무조건 많이 한다고 좋은 게 아니야. 그러니까 내일은 쉬어. 푹 쉬고, 일요일은 혼자 간단히 몸만 풀어."

바닥에 널브러져 있는 나를 향해 관장님이 말했다. 훈련 강도가 매일매일 강해지고 있어 운동이 끝나면 늘 퍼져 버린다.

"관장님, 저 가요."

"그래, 고생했다."

민기는 오늘도 나와 스파링을 했다. 세 번째 스파링이었지만 여전히 한 대도 제대로 맞히지 못했다. 내 주먹은 전부 민기의 가드에 걸려 확실하게 들어가지 않았다. 민기는 저 덩치에 어떻게 저런 속도가 나오나 싶을 만큼 주먹이 빠르다. 그래도 첫날보다는 내 실력이 좋아진 것 같다. 훨씬 덜 맞았으니까.

"저녁은 어쩔 거야?"

"지금은 별로 생각 없는데요."

"잘 먹어 가면서 해야지. 안 그러면 몸이 못 버텨. 아직은 감량 생각할 때도 아니니까 빨리 씻고 나와. 학원 가기 전에 나랑 밥이나 먹고 가."

좀 더 누워 쉬고 싶었지만 어쩔 수 없이 일어나 샤워를 했다.

관장님은 체육관에서 조금 떨어진 식당으로 날 데려갔다. 내가 메뉴를 살펴보는 동안 관장님이 맘대로 제육볶음과 김치찌개를 주문했고, 얼마 지나지 않아 커다란 냄비에 담긴 김치찌개와 접시에 가득 쌓인 제육볶음, 고봉밥과 몇 가지 밑반찬이 나왔다.

"많이 먹어."

훈련량이 늘어나면서 먹는 양도 늘긴 했지만, 도저히 다 먹을 수 없을 것 같은 양이었다. 몇 끼를 굶은 사람처럼 맛있게 먹는 관장님을 보며 나도 먹기 시작했다.

"맛있지?"

"예."

"훈련하고 배고프면 여기 와서 밥 먹고 가. 다원이도 훈련 전후로 여기서 밥 먹고 다녔어. 내가 여기 사장님이랑 잘 아는 사이니까 내 이름 얘기하면 알아서 잘 챙겨 줄 거야. 더 먹고 싶으면 더 달라고 하고."

더 달라는 말을 원천 봉쇄하려는 듯한 양인데……? 오히려 안 남기면 다행이란 생각이 들었다. 관장님은 숟가락을 내려놓고 밥 먹는 나를 빤히 보더니 말했다.

"시합 날짜 잡혔다. 다음 달 27일이야."

한 달도 안 남았다.

"상대는 스물한 살짜리 아마추어인데, 쉽진 않을 거야."

갑자기 날짜가 잡혔다는 이야기를 들으니 먹은 게 얹히는 것 같다.

"내일부터는 본격적으로 준비해 보자."

본격적으로? 그럼 지금까지는 뭐였다는 거지?

"난 가 볼 데가 있어서 먼저 계산해 놓을 테니까, 천천히 먹고 학원 가."

"예, 감사합니다."

카운터에서 계산을 마친 관장님은 곧바로 나가 버렸다. 이미 먹을 만큼 먹기도 했고, 입맛도 사라져 버려 나도 그대로 숟가락을 놓고 일어났다.

밖으로 나오니 이유 모를 답답함과 함께 빨리 뭐라도 해야 하지 않나 하는 초조함이 생겨났다. 한 달도 남지 않은 시합, 아직 민기를 제대로 때리지도 못하는 스파링, 자꾸 신경 쓰이는 집.

학원 수업 시간에도 전혀 집중할 수 없었다. 가만히 앉아 있는 게 불안했다. 하다못해 러닝이라도 해야 할 것 같은 기분. 공부는 일단 시합을 끝내고 더 열심히 하면 되지 않을까? 당장은 민기를 어떻게 공략해야 할지만 자꾸 생각하게 된다.

수업이 끝나고 나오니 희윤이 서 있었다. 희윤은 엘리베이터에서 내리는 날 보곤 내 쪽으로 다가왔다.

"시합 잡혔다며?"

"어떻게 알았어?"

"다원이 오빠 인스타에 올라왔어."

그러고 보니 최근 SNS를 잘 하지 않았다. 시합 날짜가 정해졌다는 게시물이 올라왔나 보다.

희윤과 함께 버스 정류장으로 갔다. 학원에 있는 내내 초조해서 집까지 뛰어가려고 했는데, 막상 희윤과 이야기하며 걸으니 버스를 타고 같이 가도 좋겠다는 생각이 들었다.

"나, 어제 다원이 오빠 병원 갔다 왔어."

희윤이 말을 이으려는데 버스가 도착했다. 올라탄 버스에 승객이 많아 뒷문 쪽에 꼭 붙어 설 수밖에 없었다. 덕분에 이야기를 나누기에는 더 좋았다.

"언제 갔어?"

"학원 석식 시간에."

"혼자?"

"응, 가니까 언니가 있어서 같이 면회했어. 뭔가, 마음이 이상하더라."

나도 그랬다. 뭐라 설명할 수 없는 기분.

"이렇게 될 줄 알았으면 오빠한테 조금 더 다가가 볼 걸 그랬어."

여자 친구가 있으니까 일부러 가까워질 생각을 안 했거든. 꼭 사귄다거나 그런 걸 바란 것도 아니었는데."

나도 마찬가지다. 조금이라도 친하게 지냈더라면, 하는 생각은 형이 쓰러진 이후로 늘 해 왔다.

"이제는 내가 뭘 물어봐도, 아무 대답도 들을 수가 없네."

"일어날 거야."

희윤이 작게 고개를 끄덕였다.

"다원이 형은 어떤 어려운 일이 생겨도 아무렇지 않게 해내고 웃을 사람이니까."

나도 형을 아주 잘 아는 건 아니지만, 적어도 내가 아는 다원 형은 그런 사람이니까.

"맞아, 오빠라면, 그럴 거야."

버스는 평소보다 빠르게 아파트 단지 앞에 도착했고, 우리는 사람들 사이를 빠져나와 버스에서 내렸다.

"시합 준비는 잘돼 가고 있어?"

"모르겠어. 열심히는 하고 있는데, 생각처럼 안 돼서…… 좀 답답해."

"첫 시합이라서 그런 거 아닐까?"

"응, 난 스파링도 안 했었고 시합도 안 해 봤으니까, 링 안에서 반응하고 움직이는 게 쉽지가 않더라."

"그랬구나."

다른 사람은 몰라도 희윤에겐 다원 형이나 복싱 이야기를 할 수 있다. 희윤이 있어서 다행이다.

"시합 날, 보러 갈게."

"어?"

"응원하러 가야지."

"괜찮아. 그냥 동네 복싱 시합인데, 뭐."

"다원이 오빠 시합, 제대로 구경 간 적 한 번도 없었거든. 나도 보고 싶어. 복싱 시합은 어떤 건지, 실제로 가서 보면 어떤 느낌인지. 또 이번 시합은 다원이 오빠를 위해서 하는 거고, 하준이 네 첫 시합이기도 하잖아."

희윤은 그렇게 말하며 웃었다.

놀이터를 지난 우리는 각자의 집을 향해 갈라졌다. 조금 전까지 안정되고 즐거웠던 마음이 집에 가까워질수록 불편해졌다. 어젯밤 아빠는 내가 잠들 때까지 돌아오지 않았고, 아침에도 마주치지 못했다. 그래서 그런지 더 신경이 쓰인다.

문 앞에 서서 잠시 고민하다 비밀번호를 눌렀다.

"하준이 왔어?"

현관 앞까지 나와 인사해 주는 엄마를 보다가 슬쩍 바닥을 살폈지만, 아빠의 신발은 보이지 않았다. 동생 방의 불도 꺼져 있었다. 둘이 같이 밖에 나간 걸까.

"저녁은 잘 챙겨 먹었지?"

"응."
"뭐 좀 더 해 줄까?"
"아니."
엄마는 내 침대에 걸터앉아 옷을 갈아입는 날 바라봤다.
"왜? 할 얘기 있어?"
그러자 엄마가 당황한 듯 웃으며 대답했다.
"아니, 그냥 우리 아들 보는 거지."
괜히 어색해져 얼른 갈아입고 방을 나왔다. 씻고 왔는데도 엄마는 여전히 내 방에 있었다.
"바로 잘 거니?"
"응, 피곤해."
"그래, 푹 자, 아들."
기분이 묘하다. 이런 걸 바란 것도 아니고, 이렇게 해 달라고 한 적도 없다. 싫은 건 아니다. 그렇지만, 불편하다.
시간이 늦었는데 아빠는 아직 돌아오지 않았다. 잠들기 전에 아빠가 오면 자는 척을 해야 하나, 아니면 나가서 얼굴이라도 봐야 하나. 모르겠다. 그런 고민을 하기엔 너무 피곤하다.

18

"얼른 옷 갈아입고 나와."

평소와 다르게 관장님이 급해 보인다. 체육관에 들어온 순간부터 빨리 준비하라는 말만 하고 있다.

시합 일정이 나온 뒤로 나도 한동안 조급했었지만, 스파링을 거듭하면서 조금은 나아졌다. 그런데 오늘은 이상하게 나보다 관장님이 더 여유가 없다. 내 성장 속도가 느려서 그런가. 한 번도 저런 모습을 본 적이 없는데. 괜히 나도 마음이 달았다.

옷을 갈아입고 나와 줄넘기를 시작했다. 그런데 관장님은 사무실로 들어가더니 나오지 않았다.

끼익―.

문이 열리고 민기가 들어왔다.

"어?"

민기는 오후 스파링 때만 오는데? 예상 못 한 그의 등장에 놀라 나도 모르게 외마디 소리가 입 밖으로 나왔다.

"왜? 아침부터 보니 반갑냐? 너무 반가워서 인사도 까먹었어?"

"......안녕하세요."

"누가 운동 중인 애한테 인사를 시켜?"

어느새 사무실에서 나온 관장님이 소리치자 민기가 괜히 입맛을 다셨다.

"아침부터 도와주려고 왔는데, 인사 좀 받으면 안 됩니까?"

"내가 너 그렇게 가르쳤어?"

그러자 민기는 혀를 한 번 차더니 탈의실로 들어가 버렸다. 관장님은 나와 시계를 번갈아 보며 가만히 있지 못하고 계속 체육관 안을 서성거렸다.

줄넘기가 끝나고 스트레칭을 한 뒤, 관장님과 미트 훈련을 시작했다. 민기도 한쪽 구석에서 혼자 몸을 풀고 있었다.

"스파링 하나요?"

"해야지. 이제 일주일에 세 번은 스파링만 할 거야."

미트 훈련이 어느 정도 진행됐을 때쯤, 또 체육관 문이 열리고 익숙한 실루엣이 들어왔다.

아빠다.

"오셨어요?"

관장님이 기다렸다는 듯 아빠에게 인사를 하며 다가갔다. 이게 무슨 일이지……? 상황 판단이 안 된다.

"민기야, 둘이 잠깐 미트 좀 치고 있어."

관장님은 아빠를 사무실로 안내했고, 민기는 미트를 끼더니 내 코앞에 들어 보였다.

"집중해, 집중. 자, 잽."

민기의 말에 따라 주먹을 뻗긴 했지만, 모든 신경이 사무실로 향했다.

날 일부러 피하는 건지, 그저 퇴근이 늦어진 건지, 며칠이 지나도록 집에서 아빠를 보지 못했다. 그런 아빠가 여태 한 번도 온 적 없었던 체육관에 왔다. 계속 초조해하던 관장님의 태도나 아빠가 왔을 때의 반응을 보면 이전에 이미 약속을 한 것 같다.

"집중하라니까?"

민기가 미트로 내 이마를 툭툭 쳤다.

"……예."

훈련에만 집중하려고 했지만 좀처럼 잘되지 않았다.

"야! 장난해? 그렇게 뇌 빼고 할 거면 그냥 하지 마."

크게 심호흡을 했다. 여전히 집중은 되지 않았지만, 민기가 당장이라도 나를 한 대 칠 것 같아 정신을 차리려 노력했다.

"똑바로 할게요."

다시 자세를 잡고 미트를 치려는데 사무실 문이 열리고 관장님과 아빠가 나왔다. 아빠는 말없이 사무실 벽에 기대섰고, 관장님은 내 쪽으로 걸어오며 말했다.

"자, 이제 스파링 시작하자."

민기가 미트를 빼고 글러브를 집어 들었다. 나는 관장님이 건네는 헤드기어를 쓴 뒤 마우스피스를 물었다. 그러는 중에도 아빠가 자꾸만 신경 쓰였다. 링 위로 올라가 시계를 보는 척하며 아빠의 표정을 살폈다. 아빠는 팔짱을 낀 채 꼼짝 않고 서 있었다.

어느새 준비를 마친 민기가 링에 들어왔다.

"계속 집중 못 하면 많이 맞을 거야. 난 가족이 보고 있다고 살살 하고 그런 거 없어."

스파링이 시작됐다. 스텝 하나를 밟을 때도 아빠가 의식된다. 아무 말도 않고 가만히 보고만 있어서 더더욱.

"전부 빈틈이야."

"윽!"

민기가 날린 주먹이 정확히 배에 꽂혔다. 상체가 저절로 말려 들었다. 숨이 잘 쉬어지지 않아 무릎을 꿇을 수밖에 없었다.

"점점 올라오는 것 같더니만, 하루아침에 첫날보다 못해졌네."

민기는 고개를 절레절레 흔들며 코너로 걸어갔다. 겨우 숨을 몰아쉬면서 아빠 쪽을 살폈다. 아빠는 날 바라보고 있었다.

"집중해. 시합 날에는 최소 몇십 명이 보고 있을 텐데, 이러면 너 시합 못 해."

관장님이 내 앞에 쪼그려 앉아 작게 말했다. 천천히 일어서서 평소의 템포를 찾으려고 크게 심호흡을 했다.

스파링이 재개됐다. 아빠에게 뭐라도 보여 주고 싶다는 마음에 다급하게 주먹을 휘둘렀다.

"힘 빼!"

관장님이 소리치는 순간, 민기의 주먹이 또 한 번 배에 꽂혔다.

"헙!"

링에 기댄 덕분에 간신히 쓰러지지 않을 수 있었다.

"힘을 빼라니까! 그렇게 온몸에 힘주고 휘두르면 스치기는커녕 지치기만 해."

관장님이 내 글러브를 붙들고 코너로 끌고 갔다.

"지금 링 위에는 너랑 민기뿐이야. 집중 못 하면 그만큼 얻어맞고 끝나는 거야."

슬쩍 고개를 돌려 보니 벽에 기대서 있던 아빠가 사라졌다. 어디 간 거지? 주위를 둘러봤지만 어디에도 보이지 않았다. 아무래도 돌아가 버린 것 같다. 제대로 하는 모습을 보여 주지도 못했는데…….

다시 민기와 마주 섰다. 실망감과 함께 또 짜증이 나기 시작했다. 갑자기 찾아온 아빠도 싫고, 아빠에게 정신이 팔려 제대로 하지 못한 나도 싫다. 앞에서 날 노려보며 한심하다는 듯 고개를 흔들고 있는 민기도 싫다. 이대로 돌아가면 하루 종일 분이 안 풀려 못 견딜 것 같다.

가드를 올리고 서서 내게 오라는 듯 손을 까딱이는 민기를 보며 스텝을 밟기 시작했다. 분명 내가 잽을 넣으면 반응을 할 것이다. 한 발 뒤로 물러섰다가 뒷발부터 빠르게 민기를 향해 대시했다. 민기는 놀란 듯 가드를 바짝 올렸다. 그대로 원투 훅을 휘둘렀지만 깔끔하게 민기의 가드에 걸렸다. 반 발짝 뒤로 물러나며 민기가 크게 오른팔을 휘두르려는 걸 확인하고, 뒷발에 힘을 실은 채 왼손을 뻗었다.

"윽!"

제대로 들어갔다. 뒷걸음질한 민기가 놀란듯 날 보며 살짝 입을 벌렸다.

"그렇지!"

관장님의 목소리를 뒤로하고 다시 민기를 향해 들어갔다. 몇 번의 공방이 오가다 드디어 민기의 얼굴에 정타를 넣었다. 그것도 세 번이나. 마침내 해냈다는 생각이 들어 짜릿했다.

그때, 인기척이 느껴졌다. 고개를 돌리니 체육관을 뒤돌아 나가는 아빠의 모습이 보였다.

다시 왔던 건가? 봤나? 봤겠지?

기분이 좋다. 드디어 민기를 맞혔고, 그 모습을 아빠가 봤다. 조금 전까지 끓어오르던 분노가 말끔히 사라졌다.

스파링이 끝나자 민기가 글러브를 벗으며 말했다.

"씨발, 우쭐대지 마라."

그러곤 그대로 탈의실로 들어갔다. 관장님은 내 앞으로 와 직접 헤드기어를 벗겨 주며 말했다.

"잘했어. 이제 감이 오지? 그 느낌을 잊으면 안 돼. 저렇게 카운터 하나 노리고 기다리는 상대는 많이 움직이고, 네 사정거리로 끌어들여서 치는 거야. 좀 전에 한 것처럼 가볍게."

정타를 맞혔을 때의 감각이 손끝에 그대로 남아 있어 두 손을 가만히 내려다봤다. 아직도 짜릿함이 느껴진다.

"얼른 씻고 나와. 학교 가야지."

글러브를 벗고 탈의실로 향했다. 먼저 들어가 있던 민기는 아무 말 없이 날 노려보다 밖으로 나가 버렸다.

혼자 남으니 뿌듯함과 함께 아빠의 얼굴이 떠올랐다. 갑자기 체육관에는 왜 온 건지, 관장님과 무슨 얘기를 한 건지, 내가 하는 걸 제대로 본 게 맞는지······.

샤워를 하고 나오니 카운터 앞에 관장님 혼자 앉아 있었다.

"뭐 좀 먹고 가야지. 오늘도 샌드위치 싸 왔어?"

"예."

얼마 전부터 엄마는 매일 아침 샌드위치를 챙겨 준다. 간단한 메뉴여도 평소에 먹던 편의점 삼각김밥보다 훨씬 낫다.

관장님 옆자리에 의자를 가져다 놓고 샌드위치를 먹었다. 관장님은 내가 먹는 내내 심각한 얼굴로 휴대전화를 보고 있었다.

아빠는 왜 왔다 갔으며 둘이 무슨 이야기를 했는지 너무 궁금했지만, 물어보기가 좀 그랬다. 복싱을 그만 시키겠다고 했다거나 시합을 못 나가게 하려고 했다면 관장님이 먼저 내게 말했을 테니까.

혹시라도 관장님이 얘기해 주지 않을까 눈치를 보며 샌드위치를 다 먹었다. 하지만 관장님은 여전히 입도 벙긋하지 않았다.

"가 볼게요."

"그래, 오후에도 스파링 할 거니까 아까 그 감각 잊지 마."

"예."

오후 스파링 얘기를 한 걸 보면 훈련을 계속한다는 거니, 아빠가 복싱을 그만두게 하려고 온 건 아니었나 보다. 어쨌든 내가 링 위에서 제대로 하는 모습을 보여 줬으니 다행이란 생각도 든다.

달리기엔 꽤 더워서 버스를 타고 학교로 갔다. 학교에 도착해서도 계속 기분이 싱숭생숭했다. 드디어 어떤 성과를 얻었다는 기쁨과 오후에 있을 스파링에 대한 설렘과 걱정이 뒤섞였고, 생각지도 못한 아빠의 체육관 방문이 계속 신경 쓰였다.

시간이 이상할 정도로 아주 천천히 흘러갔다. 수업 하나하나가 마치 하루같이 느껴졌다. 그래서 집중하기 정말 힘들었는데, 특히 마지막 수업은 더 심했다. 아예 계속 시계만 보다가 수업이 끝나 버렸다.

종례를 마친 후 희윤에게 간단히 인사를 하고 체육관까지 달려갔다. 체육관에는 코치님과 처음 보는 사람이 미트 훈련을 하고 있고, 관장님은 사무실에 있는 것 같았다.

옷을 갈아입은 뒤 늘 하던 대로 몸을 풀고 나니 코치님이 나를 불러 미트 훈련을 하자고 했다.

"좋은데?"

"감사합니다."

"광배가 좋으니까 확실히 빠따(어깨와 팔에 힘을 최대한 실어 내지르는 펀치를 뜻하는 복싱 은어)가 좋네. 힘 빼고 치는 연습 많이 해야겠다. 가볍게 쳐, 가볍게. 너 관장님이 운동 엄청 시키시지? 그게 다 힘 빼라고 그러는 거야. 사람이 잘하려고 하면 자기도 모르게 몸에 힘이 들어갈 수밖에 없거든. 아무리 빼려고 해도 잘 안 된단 말이야. 그래서 처음엔 아예 지치게 해서 감각을 익힐 때까지 힘 빼고 칠 수 있게 만드는 거야. 그러니까 그때의 감각을 잘 기억해."

"예."

관장님은 이런 걸 설명해 준 적이 없다. 그러고 보니 한 번도 관장님이 시킨 운동에 대해 의심하거나 궁금했던 적이 없다. 그냥 강해지려면 무조건 시키는 대로 해야 한다고 생각했다.

"자, 스파링 준비해."

"지금요?"

아직 민기가 안 왔는데? 조금 전까지 코치님과 운동하고 있던 남자가 마우스피스를 물고 링 안으로 들어갔다. 그제야 오늘 상대가 저 사람이라는 걸 깨달았다.

"아까 얘기했지? 가볍게, 힘 빼고 가볍게 하는 거야."

"예."

헤드기어를 쓰고 링에 올라 조금 전까지 별로 신경 쓰지 않았던 남자를 자세히 살폈다. 나이는 조금 들어 보였지만 몸은 탄탄했고, 역시나 나보다 더 컸다.

"삼 분씩 여섯 라운드야."

남자는 민기와 달리 빠르게 스텝을 밟으며 가벼운 잽 위주로 공격했다. 지금까지 발을 붙이고 서 있는 민기만 상대했던 탓에 자꾸 내 쪽으로 붙었다 떨어지는 남자가 상당히 까다로웠다. 민기보단 주먹이 가벼워 맞는 것에 대한 부담은 적었지만, 맞힐 수가 없으니 또 답답해졌다.

3라운드까지 마쳤지만, 상대를 쫓아다니기만 했을 뿐 한 번도 제대로 때리지 못했다.

"하준아."

언제 온 건지 관장님이 코너에서 내게 물을 주며 말했다.

"너, 민기가 어떤 식으로 스파링 했는지 기억나지?"

"예."

"쫓아가지 마. 상대가 네 거리 안으로 들어올 때까지 기다려. 많이 들어오면 살짝 뒤로 빠지고, 적당히 거리 내로 들어오면 그때 받아쳐. 상대가 어떤 타이밍에 들어오는지 잘 봐. 그리고 민기가 언제 너한테 주먹을 냈는지 잘 생각해 봐."

그러곤 헤드기어를 쓴 내 볼을 톡톡 두드렸다.

관장님이 해 준 얘기를 생각하며 상대가 들어오는 순간을 잡으려 했다. 두 라운드 정도 실컷 맞고 나니 어느 정도 감이 잡혔다. 페이크로 주먹을 지를 때와 확실히 들어올 때의 차이, 들어오고 나서 공격하는 패턴, 콤비네이션을 던지고 난 뒤 빠지는 타이밍과 방향.

민기처럼 가드를 올리고 기다리다가 상대가 빠지기 전에 주먹을 뻗었다. 가드에 걸리긴 했지만 상대의 몸이 휘청거렸고, 당황한 눈빛이 보였다.

마지막 라운드가 돼서야 조금 비슷한 정도로 공방을 주고받으며 스파링이 끝났다. 많이 맞은 탓인지 너무 집중했던 탓인지, 민기와 스파링 했을 때보다 훨씬 힘들고 피곤했다.

관장님이 헤드기어를 벗고 링에 팔을 걸친 채 쉬고 있는 내게 다가와 작게 다그쳤다.

"빨리 씻고 와."

쉴 틈을 주지 않으려는 듯했다. 어쩔 수 없이 바로 샤워를 한 뒤 옷을 갈아입고 나왔다. 그러자 관장님이 링 안에서 내게 들어오라고 손짓했다. 관장님 앞에 서자 관장님은 내 머리를 쓰다듬더니 말했다.

"생각보다 더 잘했어."

"감사합니다."

"이제 거리감이 좀 잡혀?"

"약간이요."

마지막엔 좀 맞혔지만, 일단 두드려 맞고 시작하는데 이걸 거리감이 잡혔다고 봐야 할지 잘 모르겠다.

"어떤 스타일인지도 모르고 상대해 본 적도 없는 사람이었잖아. 그런데 마지막 라운드에는 비등했던 걸 보면 진짜 잘하고 있는 거야."

관장님은 엄지를 들어 보이며 말을 이었다.

"그게 스파링을 해야 하는 이유야. 혼자 열심히 섀도를 하고 샌드백 아무리 쳐도, 그게 끝이 아니야. 결국 복싱은 상대의 움직임과 반응을 봐 가며 겨루는 운동이니까, 너만의 거리를 잡아야 하는 거야. 네가 제일 편안하게 느끼는 상대와의 거리, 그걸 확실하게 알아야 해. 그것만 정확히 인지하고 나면 상대가 누구든, 어떤 전략을 가지고 있든, 넌 네 거리만 유지하면 되니까."

"예."

"다원이가 누굴 만나도 자신감 있게 잘하는 이유는 자기 거리를 확실히 알고, 그 영역을 유지할 수 있어서야. 우리 사는 거랑 똑같아. 누구를 상대하든 내가 편안한 거리에 있으면 주도권을 가지고 자신감 있게 행동할 수 있지만, 그게 안 되면 그때부터 힘들어지잖아. 복싱도 똑같아."

분명 내게 편안한 거리가 있다. 민기와 스파링 할 때도 그랬고, 오늘도 그랬다. 하지만 그게 정확히 어느 정도인지, 어떻게 만들어야 할지는 아직 잘 모르겠다.

"많이 해 보는 수밖에 없어. 많이 상대하고 겪어 보면 '이 정도 거리가 내 거리다'가 점점 몸에 익으니까."

어렵다.

"물론 그게 쉽지 않으니까 그걸 잘하는 사람이 챔피언도 먹을 수 있는 거야."

관장님은 내 생각을 다 읽고 있는 것같았다.

"그래도 경험이 쌓이면 자연스럽게 늘어. 넌 재능도 있고, 기본기도 충분히 연습해 뒀으니까 이제 거리감만 익히면 어렵지 않을 거야."

관장님이 만족스럽다는 듯 웃었다. 그러곤 링을 빠져나가며 말했다.

"난 황 관장 좀 만나야 해서 지금 바로 갈 거니까, 저번에 간 식당 가서 저녁 먹고 가."

"예."

기분좋게 씻고 나와 식당에서 밥을 먹고 학원으로 향했다. 신기하게도 스파링 요령을 깨닫기 시작하면서 공부할 때 집중이 훨씬 잘된다. 분명 몸도 피곤하고, 예전보다 시간을 덜 할애하고 있는데도 말이다.

학원을 마치고 희윤과 집으로 돌아가는 길에도 마음이 평온했다. 물론 희윤과 있을 때 불편했던 적은 없지만, 본격적인 훈련을 시작하면서 희윤과 훈련 이야기로 좀 더 가까워진 것 같다.

"아직은 실컷 두들겨 맞고 나서야 감이 잡히지만, 많이 해 보면 더 빨리 잡힐 거래."

"많이 맞았어?"

"응, 신나게 맞았어. 헤드기어도 쓰고 가드도 잘 올리고 있었으니까 맞을 때는 별로 아프단 생각이 안 드는데, 끝나고 나면 여기저기가 욱신거리긴 해."

"조심해. 훈련 때 다치면 큰일이잖아."

"상대가 백 퍼센트로 나오지 않으니까 괜찮아. 지금은 거리감을 익히기 위한 훈련 중이거든."

"거리감?"

"응, 몸으로 익혀야 해서 시간이 걸리는데, 내 거리를 확실히 알면 누굴 상대해도 자신감 있게 대응할 수 있어. 내 첫 스파링이 다원이 형이랑 한 거였는데, 그때 내 주먹은 스치지도 못했어. 거리감이 확실해진다는 건 형 정도 레벨이겠지."

"그래서 다원이 오빠가 늘 자신감이 있었나?"

"응?"

"누구를 만나도 항상 여유 있고, 당당하고 멋있었으니까."

그럴지도 모른다. 관장님 얘기처럼 일상생활에서도 다원 형은 언제나 편안해 보였다. 그래서 늘 먼저 사람들에게 다가갈 수 있었던 걸까. 또 형에게 물어보고 싶은 게 생겼다.

19

 오늘도 스파링이 예정되어 있다. 최근에는 민기보다는 오후에 나오는 관원들과 주로 하고 있는데, 취미로 하는 사람들이라서 그런지 상대하기 어렵지 않다. 이제 시작부터 두들겨 맞는 경우는 거의 없다. 백 퍼센트 강도로 하는 스파링이 많아졌는데도 큰 부담이 없을 정도다. 시합까지 3주 정도 남았으니, 지금처럼 하면 시합 땐 꽤 강해질 수 있을 것 같다.
 토요일이라 집에서 아침을 먹고 나갈 준비를 하고 있는데 엄마가 방에 들어왔다.
 "지금 가려고?"
 "응."
 엄마는 물병을 건네주며 책상 의자에 앉았다.
 "이게 뭐야?"

"홍삼 달인 물이야. 체력 회복에 좋대."

"괜찮아."

"아빠도 요즘 힘이 없어서 다 같이 마시려고 만든 거니까, 가져가서 마셔."

체육관에 다녀간 날 이후로 아빠는 다시 일찍 귀가한다. 하지만 대화를 나눈 적은 없다. 내가 돌아오면 안방에서 나오지 않으니까. 나도 굳이 아빠에게 말을 걸려 하지 않는다. 어쩌면 그동안 정말 회사 일이 바빠서 퇴근이 늦었을 뿐일지도 모른다.

"형, 복싱하러 가?"

동생도 내 방으로 들어왔다.

"응."

"형, 복싱 잘해?"

"왜?"

"나도 갈래."

동생이 아침밥을 먹고 휴대폰 게임에 정신이 팔린 걸 분명히 봤는데, 갑자기 내 방에 온 것도 모자라 날 따라오겠다니 당황스러웠다. 집에서 뭘 같이 하자고 한 적은 있지만, 나와 함께 나가고 싶다고 한 적은 없는데.

"형은 운동하러 가는 거야. 가서 방해하면 안 돼."

"방해 안 해. 그냥 형 복싱하는 거 보고 싶어서 그래."

엄마가 말렸지만 쉽게 해결될 리가 없다. 말 몇 마디로 될 일이었다면 온 가족이 동생 때문에 예민해지지도 않았겠지.
"오늘은 복싱 안 해. 혼자 줄넘기 같은 기본 운동만 할 거야."
안 들을 줄 알면서도 차분하게 설명했다.
"그래도 보러 갈래."
예상을 벗어나지 않은 반응이다. 이럴 땐 동생이 쫓아오기 전에 빨리 나가 버리거나, 포기하고 데려가는 수밖에 없다. 무시하고 혼자 가면 집에서 울고불고 난리를 치겠지. 그렇다고 데려가면 운동을 제대로 할 수 없을 것이다. 체육관에서 또 제멋대로 굴 테니까.
"갈래! 나도 갈래애애!"
얼굴이 점점 어두워지던 엄마가 결국 동생의 손목을 붙들고 나가려 했다.
"난 체육관까지 달릴 거야. 그러니까 너도 따라오려면 달려야 해. 꽤 먼데 괜찮겠어?"
"응!"
말이 끝나기 무섭게 대답하는 걸 보니 역시 내 말을 제대로 듣지 않고 있었던 것 같다.
"운동복으로 갈아입어, 그럼."
"응, 알겠어."
엄마가 놀란 얼굴로 날 바라보았다.
"왜?"

"괜찮겠어?"

엄마의 표정이 미묘해졌다. 걱정하는 것 같기도 하고, 웃는 것 같기도 한 이상한 얼굴.

"몰라. 체육관 도착하기 전에 못 가겠다고 할 것 같긴 해."

"혹시 꼭 달려야 하니? 엄마가 태워다 줄까?"

"아니, 워밍업이라서 달려가야 해."

왠지 엄마가 안절부절못하고 있는 것 같아 무시할 수 없었다.

"그럼 천천히 데리고 와. 난 먼저 출발할 테니까."

"그럴까?"

엄마는 웃으며 방을 나갔다. 엄마가 동생과 이야기하는 소리를 듣다 집에서 나왔다. 더 있다간 또 무슨 일이 생길지 모른다.

확실히 체력이 좋아지긴 했나 보다. 이제 체육관까지 가는 길은 왕복으로 달려도 부담이 없을 정도다. 몸이 점점 달궈지고 땀이 흐르기 시작하는 걸 느끼며 달렸다.

체육관에 가까워질수록 동생 생각이 났다. 체육관에서 문제를 일으킬까 봐 걱정도 되고, 신경도 쓰인다. 어쩌면 그사이에 다른 데 정신이 팔려서 그냥 집에 있을지도 모른다. 먼저 체육관에 도착해 있지만 않으면 좋겠다고 생각하며 체육관으로 들어갔다.

"왔어?"

"안녕하십니까."

체육관 구석에 다원 형과 경기를 했던 남자의 모습이 보였다.

"오늘은 저 친구랑 해. 둘이 붙어 보면 좋을 것 같아서 오라고 했어."

"아, 예."

"얼른 준비하고 나와."

트레이닝복으로 갈아입고 몸을 풀었다. 그러면서도 흘끔흘끔 남자를 쳐다보게 됐다. 남자는 코치님과 미트 훈련을 하며 몸을 풀고 있었다. 분명 다원 형과 비슷한 스타일이다. 다만 형보다 좀 느린 아웃 복서(권투에서 상대편과 일정한 거리를 유지하면서 유효한 타격을 노리는 선수).

관장님과 간단히 미트 훈련을 한 뒤에 헤드기어를 쓰고 스파링 준비를 하는데, 체육관 문이 열리더니 동생과 아빠가 들어왔다. 왜 엄마가 아니라 아빠가 같이 왔지?

"형! 형!"

동생이 날 부르며 내 쪽으로 달려왔다.

"여긴 여러 사람이 같이 운동하는 곳이니까 소리 지르면 안 돼."

"응, 지금 시합해?"

"연습이야."

동생은 계속 주변을 두리번거리다가 샌드백을 발견하고 주먹으로 치기 시작했다. 말도 안 되는 자세인 데다 비명에 가까운 소리까지 내는 탓에 모든 사람의 시선이 동생에게 쏠렸다.

"동생이야?"

"예."

내게 작게 물어본 관장님이 입구 쪽에 서 있는 아빠를 향해 다가갔다. 내가 나서서 동생에 대해 설명할 필요가 없다고 생각하니 조금은 맘이 편해졌다.

"일단 시작해!"

관장님은 우리를 향해 외치곤 아빠와 사무실 안으로 들어갔다. 동생은 계속 빽빽거리며 샌드백을 쳤고, 나와 남자, 코치님은 링 안으로 들어갔다.

마우스피스를 무는데 관장님이 나왔다.

"지환아."

관장님은 코치님에게 뭔가를 속삭였고, 곧 코치님이 동생에게 다가갔다. 그 모습을 보고 있는데 어느새 링으로 올라온 관장님이 내 등을 툭 쳤다.

"뭐 해? 집중해, 집중."

남자와 마주 섰다. 이 남자와 링에서 마주 보고 있으니 기분이 이상했다. 동시에 링 바깥의 동생도 너무나 신경 쓰였다.

"삼 분씩 여덟 라운드야. 너무 가볍게 할 필요 없어. 70~80퍼센트로 한다고 생각해. 다치지 않게 조심하고."

관장님의 신호와 함께 스파링이 시작됐다. 남자는 왼쪽으로 크게 돌며 스텝을 밟았고, 나도 그에 맞춰 링을 돌며 남자의 리듬을 파악하려 했다.

"이얏!"

와중에도 동생이 지르는 소리가 귀에 꽂혔다. 슬쩍 눈을 굴려 바깥을 살폈다. 동생은 코치님이 든 미트를 향해 주먹을 휘두르고 있었다.

"집중하라니까!"

관장님이 크게 외쳐 다시 내 앞에 선 남자에게 시선을 고정했다. 남자는 가볍게 잽을 던지더니 내가 별 반응이 없자 바로 가까이 붙으며 스트레이트를 뻗었다. 살짝 왼쪽으로 몸을 기울여 피하면서 오른손 카운터를 던졌다. 하지만 남자의 가드에 걸렸고, 남자는 순식간에 뒤로 물러섰다.

그날 다원 형의 시합을 봤던 게 큰 도움이 된다. 자잘한 부분까지 기억나는 건 아니지만, 나도 모르게 남자의 패턴을 떠올리고 있다. 하지만 다원 형과 달리 내 주먹은 남자에게 잘 닿지 않는다. 계속 남자가 한발 빠르게 뒤로 물러나거나 단단한 가드에 걸리기만 한다.

3라운드까지 진행되는 동안 서로 한 대도 제대로 맞히지 못했다. 일 분간 휴식 시간이 주어져 의자에 앉아 있는데 큰 소리가 들렸다. 동생이 기합을 넣으며 미트에 주먹을 날리고 있었다. 내가 하는 걸 보고 싶다면서 전혀 관심 없다는 듯 저러고 있다니. 그래도 짜증 한 번 내지 않고 집중하는 것을 보니 기분이 나쁘진 않은 듯했다.

"집중해라."

"예."

"숨 크게 쉬고, 크게."

관장님 말에 한차례 심호흡했다.

"급하게 움직이지 마. 봐서 알겠지만, 스텝이 빨라."

확실히 빠르다. 그런데 분명 다원 형은 저 남자의 주먹에 전혀 걸리지 않고 뻗는 주먹마다 제대로 맞혔다. 그날 저 남자가 느렸던 게 아니라, 다원 형이 너무 빨라서 느려 보였던 것이다.

"너보다 경험도 많고, 실력도 좋아. 훨씬 차분하고."

관장님이 내 오른손을 잡고 말했다.

"그러니까 기다려. 들어갈 것처럼 스텝만 밟고, 잽 던지면서 들어오는 타이밍을 봐. 카운터로 잡는 거야. 가까이 붙을 때 한 발 들어가서 보디. 알겠어? 빠른 발을 잡는 건 보디야, 보디."

다음 라운드가 시작됐다. 관장님이 지시한 대로 상대가 내게 가까이 붙는 때를 노리려 했지만, 상대는 항상 내가 생각한 것보다 한발 빨랐다.

여덟 라운드가 다 끝날 때까지 끝끝내 공격 기회를 잡지 못했다. 마지막 라운드에서는 어떻게든 유효타를 먹이려다 오히려 내 가드가 헐거워져 몇 번의 주먹을 허용해 버리기도 했다.

"고생했어. 고맙다."

관장님의 인사에 남자가 고개를 숙였다.

"고생하셨습니다."

나도 남자에게 인사를 건넸고, 남자는 나에게도 고개 숙여 인사했다. 링 코너에 몸을 기댄 채 잠시 숨을 고르며 슬쩍 주변을 둘러보니 아빠는 날 가만히 응시하다가 고개를 돌렸고, 동생은 코치님의 지시에 따라 계속 샌드백을 치고 있었다.

"안 잡히지?"

"예, 생각보다 많이 빨라요."

"너보다 몇 년을 더 했으니 당연한 거야. 지금까지 한 스파링 상대들하고도 다르고. 실망할 필요 없어. 이 정도면 잘한 거야."

"다원이 형이."

생각이 입 밖으로 툭 튀어나왔다.

"다원이 형이 했던 거, 떠올리면서 따라 해 보려고 했는데……."

"그게 바로 되면 다원이도 억울하지 않겠어? 걔가 그 정도 할 수 있게 되기까지 얼마나 열심히 했는데. 그리고 너랑 다원이는 기본적으로 달라. 다원이는 하체가, 특히 둔근이 엄청 좋은 타입이라 스트레이트를 잘 치고, 넌 훅이 좋아. 게다가 다원이는 많이 움직이고, 안 맞고 치려는 성향이 강해. 그런데 넌 타이밍 잡고 카운터 치는 게 더 맞아. 그러니 똑같이 하려고 하지 마."

나도 아직 내 스타일을 잘 모르는데, 관장님 눈에만 보이는 뭔가가 있나 보다. 그리고 보면 상대의 거리를 깨고 들어갈 때보다는 들어오는 상대를 받아치는 게 더 편했던 것 같기도 하다. 아직 그런 것까지 세세하게 신경 쓸 여유는 없지만.

"가족들도 왔으니까 오전엔 이 정도만 하자. 오후에는 스파링 두 타임 뛰고 미트도 칠 거니까 각오하고 와."

헤드기어와 글러브를 벗으며 링에서 내려왔다. 동생은 여전히 샌드백을 치고 있었고, 아빠는 어디로 간 건지 보이지 않았다. 바로 탈의실에서 쉬고 싶은 맘이 컸지만, 먼저 동생에게 다가갔다.

"하!"

"잘하네. 재능이 있어."

코치님은 웃으며 동생의 등을 두드렸다.

"자, 여기까지 하고 좀 쉬어."

동생은 숨을 헉헉대며 고개를 끄덕이더니, 샌드백을 노려보다가 또다시 주먹을 뻗었다.

"그만해, 그만. 오 분 쉬었다가 다시 해."

코치님이 동생의 등을 차분히 토닥였다. 그제야 동생이 동작을 멈추고 한참을 멍하니 서서 샌드백을 보더니 바닥에 주저앉았다. 웬일로 다른 사람 말을 듣지? 힘이 빠질 대로 빠져 버린 건가.

"재밌어?"

옆에 앉으며 물으니 동생이 빨갛게 달아오른 얼굴로 당장 무슨 일이라도 생긴 것처럼 숨을 몰아쉬면서 고개를 크게 끄덕거렸다.

"그렇게 하면 빨리 지쳐. 힘 빼고 툭툭 쳐야지."

그러자 이번엔 내 눈을 보며 알겠다는 듯 고개를 끄덕였다. 평소와 다른 모습이라 좀 어색하다.

"하준아, 잠깐 이리 와 봐."

그때, 관장님이 나를 불렀다. 아빠는 여전히 보이지 않는다. 사무실 안에 있는 건가? 동생 혼자 두고 가도 되나.

"잠깐만 기다려. 금방 갔다 올게."

심호흡을 하던 동생이 "응."하고 대답하더니 다시 고개를 숙이고 숨을 몰아쉬었다.

사무실로 들어가자 소파에 앉아 있던 관장님이 맞은편에 앉으라며 손짓했다. 아빠의 모습은 보이지 않았다.

"네가 평일에 다른 체육관으로 가긴 힘들잖아. 학교도 있고, 학원도 있고. 그래서 주말에 다른 체육관들 다니면서 스파링을 할까 해. 지금은 스파링을 여러 사람이랑 많이 하는 게 도움이 되니까. 괜찮겠지?"

"예."

"그리고, 동생 말이야."

아무래도 동생이 다른 사람들에게 방해가 많이 된 것 같다. 역시 애초에 데려오지 말았어야 했나.

"체육관에 종종 데리고 와."

"……예?"

"재밌어하는 것 같네."

뭘 더 물어보기도 전에 노크 소리와 함께 사무실 문이 열리더니 아빠가 얼굴을 내밀었다.

"관장님, 저희는 먼저 가 보겠습니다."

"아, 예, 들어가십시오."

아빠는 날 못 본 것처럼 그대로 문을 닫았다.

"넌 뛰어가."

"예?"

"집까지 뛰어가라고. 운동 일찍 끝내 줬으니까 그 정도는 해야지. 내가 몇 번이나 말했지만, 러닝이 제일 기본이야."

관장님은 배를 슥슥 문지르며 혼잣말하듯 말을 이었다.

"배가 왜 이리 고프냐. 참, 그건 그렇고, 너 공부는 열심히 하고 있어?"

"오후에 학원 수업 안 듣는 대신 나머지 시간에 더 집중하려고 하고 있……."

"그래, 잘하고 있네. 공부도 열심히 해라. 안 그럼 내가 곤란해진다."

"관장님이요?"

"됐고, 빨리 가. 가서 밥 먹고 좀 쉬었다가 다시 나와. 세 시 반까지는 와야 한다."

알아듣기 힘든 말만 잔뜩 한 관장님은 갑자기 대화를 끝내고 사무실을 나가 버렸다.

관장님은 늘 저렇다. 훈련할 때도 말로만 지시할 뿐, 왜 그래야 하는지, 뭐 때문에 그런지 자세히 설명해 주지 않는다. 평소라면 수긍하지 않을 방식이지만, 어쩐지 관장님이 하는 말은 그냥 받아들이게 된다.

어쨌든 오전 훈련은 끝났으니 옷을 갈아입고 나왔다. 어차피 집까지 달려갈 거라 씻는 건 집에서 할 생각이었다.

체육관 앞에 아까 나와 스파링을 한 남자가 서 있었다. 체육관 계단을 내려오는 날 발견한 남자는 웃으며 말을 걸었다.

"잘하시네요."

"감사합니다."

남자는 고개를 끄덕거리곤 무슨 말을 더 하려다가 정류장에 도착한 버스를 보더니 급하게 인사를 하고 가 버렸다. 또 무슨 말을 하고 싶었던 걸까.

멀어지는 버스를 가만히 보다가 달리기 시작했다. 이미 땀을 한 번 흘려서인지 평소보다 땀이 빨리 흐르고 몸에 열이 오른다. 여름이 오고 있기 때문인지도 모르겠다.

잠시나마 복잡해지려던 머릿속이 깨끗해졌다. 아빠, 동생, 복싱, 다원 형, 오늘 스파링을 했던 남자……. 모두 점점 차오르는 숨에 밀려 사라져 갔다.

아파트 단지에 들어서서야 속도를 늦추고 숨을 골랐다. 달리기를 멈추니 땀이 더 많이 흐른다.

집에 들어서자 엄마와 동생이 이야기하는 소리가 들렸다.

"내가 이렇게 치니까, 여기가 좀 아팠어. 그런데 이렇게 치면 안 아파."

방으로 들어가기 전 슬쩍 거실을 봤다. 동생은 거실 한가운데에 서서 허공을 향해 주먹을 휘둘러 대고 있었다. 확실히 재밌긴 했나 보다.

그때, 안방에서 나오는 아빠와 눈이 마주쳤다. 아빠는 작게 고개를 끄덕이곤 거실로 향했다. 아무 말도 없이 단순히 고개만 끄덕인 것뿐이었지만, 왠지 몸이 찌릿했다. 땀을 너무 많이 흘려서 그런가. 샤워를 해야겠다.

20

 시합이 코앞으로 다가왔다. 지금까지 매일매일 두 타임씩 운동을 했고, 밀린 방학 숙제를 하듯 짧은 시간 동안 스파링도 많이 했다. 덕분에 상대와 붙었을 때의 요령이 꽤 생겼다. 너무 깊이 들어가지 않으면서 상대의 움직임을 파악하는 방법이나 적당히 들어갔다 빠지면서 상대를 끌어들이는 방법에 익숙해지고 있다.

 시합이 끝나면 얼마 지나지 않아 시험이어서, 공부에도 신경을 쓰고 있다. 시간이 충분하진 않지만 희윤의 도움을 받아가며 열심히 하고 있다. 부족한 부분은 일단 시합이 끝난 후에 생각하기로 했다.

 아빠는 여전히 나에게 말을 붙이지 않는다. 다만 평일 저녁 시간이나 주말에 동생을 데리고 체육관에 머물다가 다시 데리고 가곤 한다. 평일엔 마주칠 일이 없지만 주말에는 동생이 운동하는 걸 볼 수 있다. 주로 코치님이 가르치는데, 동생이 집중해서 샌드백을 치고 있는 모습을 보면 예전에 혼자 운동하던 때 생각이 나기도 한다.

오늘, 시합 전 마지막 스파링이 끝났다. 관장님이 매번 신경 써주신 덕에 다양한 상대와 스파링을 할 수 있었다. 주말마다 다른 체육관에서 낯선 상대들을 마주했는데, 까다롭거나 힘든 상대는 없었다. 스파링이 버겁다는 느낌도 더는 느껴지지 않았다.

"고생했어. 토요일 시합이니까 내일은 가볍게 몸만 풀 거야. 그러니까 혼자서 무리하지 말고 러닝 정도만 해."

관장님은 아직도 내 상대에 대해서 아무것도 알려 주지 않았다. 저번에 한 번 물어봤지만 그건 중요한 게 아니라는 대답만 돌아왔다. 스파링 상대들도 전부 다른 스타일이었던 탓에 공통점을 찾을 수 없었다. 다원 형의 SNS 계정에 시합 정보가 업데이트돼서 상대의 이름은 알 수 있었지만, 그 사람의 정보는 아무리 찾아봐도 알 수 없었다.

링에서 내려오자 앞에서 보고 있던 희윤이 웃으며 내 쪽으로 다가왔다.

"잘한다."

"고마워."

희윤은 복싱을 잘 모르고, 내가 스파링 하는 것도 처음 봤으니 아무래도 여러모로 낯설었을 것이다. 그래도 잘한다는 얘길 들으니 기분이 좋다.

"씻고 올게."

약속에 늦지 않으려면 빨리 움직여야 한다. 나 때문에 여러 사람이 피해를 보면 안 되니까.

급하게 씻은 후 옷을 갈아입고 밖으로 나왔다. 희윤은 카운터 쪽 의자에 앉아 휴대전화를 보고 있었고, 그 옆에서는 예빈 누나가 관장님과 이야기를 나누고 있었다. 천천히 세 사람이 모인 쪽으로 다가갔다.

"황 관장이 다 정리해서 알려 주기로 했으니까 너무 걱정 마."

관장님은 누나에게 그렇게 말한 뒤 나를 발견하곤 내 어깨를 툭툭 쳤다.

"얼른 가 봐."

체육관을 나와 건물 뒤편의 주차장으로 가니 익숙한 경차가 서 있었다. 볼 때마다 반가우면서도 마음이 복잡해진다.

희윤이 조수석에 앉았고, 난 조수석 등받이에 부딪히지 않으려 조심하며 뒷자리에 앉았다.

"출발할게."

"예."

누나의 말에 희윤과 함께 대답했다.

시합하기 전에 다원 형을 보고 싶다고 누나에게 말했더니 좋다고 했다. 그 이야기를 들은 희윤도 같이 가고 싶다고 해서 시합을 이틀 앞두고 다 같이 형을 보러 가게 된 것이다.

다원 형은 아직 의식을 차리지 못하고 있다. 저번에 관장님과 황 관장님이 통화하는 걸 들었는데, 중간 정산이라며 병원비가 꽤 많이 나온 모양이었다. 형이 언제 일어날지 모르는 상황이다 보니 누나와 형이 모아 둔 돈만으로는 힘든 것 같았다.

형은 생각보다 더 긴 휴식이 필요한 것일지도 모른다. 물론, 형은 꼭 일어날 거라고 믿는다. 너무 늦지 않길 바랄 뿐이다.

"하준이 시합이 그날 두 번째 경기지?"

"예."

"이제 얼마 안 남았는데, 떨리지 않아?"

"별로. 아직은 괜찮아요."

"열심히 준비했나 보네."

"엄청 열심히 하던데요? 매일 새벽마다 운동하고, 오후엔 학원도 빠지고 운동해요. 학원 갈 때나 집에 갈 때 무조건 버스 안 타고 달리고."

내가 대답하기도 전에 희윤이 말했다. 괜히 기분이 이상해졌다.

"대단하네. 시합이 기대되는데?"

말을 더 얹기 민망해 가만히 창밖만 쳐다봤다. 두 사람은 시합 얘기에서 천천히 텔레비전 드라마 얘기로 넘어가더니 곧 옷으로 화제를 바꿨다. 누나는 볼 때마다 그랬듯 오늘도 활기차고 밝은 모습이었고, 희윤도 학교나 학원에서보다 즐거워 보였다.

머지않아 병원에 도착했다. 우리는 집중 치료실 앞으로 가 다원 형을 만날 준비를 했다. 희윤은 긴장한 것처럼 보였고, 누나는 익숙해 보였다.

면회 준비가 끝난 후 다 함께 병실로 들어갔다. 병실 풍경은 지난번과 비슷했다. 누워 있는 형의 얼굴도 여전히 편안해 보였다. 다만 살이 조금 빠진 것 같았고, 피곤한 것 같기도 했다.

"다원아, 하준이 시합이 이틀 뒤야. 시합 전에 너 보고 싶다고 해서 같이 왔어."

누나는 아무 반응이 없는 형을 향해 말하곤 한 발짝 물러섰다. 이번엔 내가 다원 형 쪽으로 다가갔다. 눈을 감고 있는 형을 보고 있으니 입이 잘 떨어지지 않았다.

가만히 형의 얼굴만 보다가 작게 말했다.

"이기고 올게요."

다른 할 말이 생각나지 않아 천천히 희윤을 쳐다봤다. 희윤은 나와 눈이 마주치자 살짝 고개를 흔들었다.

"인사……라도 해."

희윤에게 속삭였다. 그러자 희윤이 침대에 한 발 가까이 다가갔다. 그러곤 시선을 내려 그저 형을 바라만 봤다. 희윤도 나처럼 입이 떨어지지 않는 건지도 모르겠다.

한참을 그러고 있던 희윤은 뒤로 물러서며 짧게 말했다.

"힘내세요."

걱정이 되어 희윤의 표정을 살폈지만, 마스크를 쓰고 있어 잘 알아볼 수 없었다.

우리는 누나가 다원 형에게 이런저런 이야기를 하는 걸 듣다가 먼저 밖으로 나왔다. 잠시 후, 복도로 나온 누나는 희윤과 내가 사는 아파트까지 차로 데려다 주겠다고 했다.

"대신 지금은 차가 막힐 테니까, 삼십 분 정도 후에 출발하자."

누나의 말에 우리는 병원 지하에 있는 편의점에서 음료를 하나씩 사 들고 조그만 테이블에 앉았다.

누나는 아무 일도 없었다는 듯 음료를 조금 마시곤 테이블에 내려놨고, 희윤은 무슨 생각을 하는지 테이블 모서리만 멍하니 보고 있다.

"저녁 시간이라 여기도 사람이 많네."

누나의 말에 주변을 둘러봤다. 의사 가운을 걸친 사람부터 병문안을 온 것 같은 사람들까지 편의점을 들락거리는 인파가 끊임없이 이어졌다. 주변 테이블에도 전부 사람들이 앉아 뭔가를 먹거나 마시고 있었다.

"저녁 안 먹어도 괜찮겠어? 간단하게라도 먹을래?"

누나의 말에 희윤을 쳐다봤다. 희윤은 아직 생각에 빠져 있는 것 같았다.

"괜찮아요."

계속 희윤의 표정을 살피며 대답했다.

"오늘은 회사 안 바빴어요?"

"바빴지. 늘 바빠. 특히 오후엔 물 한 잔 마실 시간도 잘 안 나."

"피곤하시겠어요."

"응, 그래도 바쁜 게 나아. 다른 생각 안 해도 되니까."

누나가 힘없이 웃었다. 다원 형을 만나고 온 이후로 기운이 없어 보인다.

"나도 조금 지치긴 하나 봐. 아직 그렇게 오래 지나지도 않았는데."

혼잣말하듯 말한 누나가 멍하니 앞에 둔 음료를 마셨다.

"피곤해서 그런 거 아닐까요?"

누나는 또 힘없이 웃으며 고개를 끄덕였다.

"그래, 그런가 보다. 오늘은 일찍 자야지."

누나와 내가 이야기를 하는 내내 희윤은 아무 말이 없었다. 조심스레 테이블 위 캔 음료를 따 희윤 앞에 두었다. 그제야 희윤이 날 돌아보더니 입을 살짝 움찔거렸다.

"……고마워."

얼마간 어색하게 이야기를 나눈 후, 누나의 차를 타고 돌아왔다. 병원으로 갈 때와 달리 차 안이 너무나 조용하고 차분했다.

결국 어색함이 가시지 않은 채 차가 아파트 단지 입구에 도착했다.

"잘 들어가."

"예, 감사합니다."

누나가 병원 지하에서 보였던 힘없는 미소를 지으며 손을 흔들었다. 멀어져 가는 차를 바라보다가 여전히 조금 멍해 보이는 희윤에게 가자고 손짓했다.

우리는 아파트 단지를 가로질러 걸었다. 지난번에 면회를 다녀왔다고 했으니 병원에 있는 다원 형을 처음 본 것도 아닌데 충격이 큰 걸까. 무슨 생각을 하고 있는 걸까.

바닥만 보며 걷는 희윤을 가만히 보다가 머뭇머뭇 입을 열었다.

"머리가 복잡할 때는 달리는 게 좋아."

"응?"

"나야 러닝이 제일 중요하다고 수도 없이 말하는 관장님 때문에 달리는 거긴 하지만, 생각이 많거나 기분이 안 좋을 때 러닝을 하면 좀 정리가 되더라고."

"그래?"

"응, 몸은 힘들지만……."

괜한 말을 했나 싶어 조용히 걷기만 했다. 희윤도 무슨 말을 더 하진 않았다.

갈라지는 길 앞에서 희윤에게 손을 흔들었다.

"잘 가."

"응, 고마워."

돌아선 희윤을 보다가 나도 집을 향해 걸었다. 그러다 집 앞을 그대로 스쳐 지나 뛰기 시작했다. 어쩐지 나도 기분이 찝찝했다. 잠들기 전까지 이런 상태로 있고 싶진 않다. 달리면 좋아질 것이다. 러닝은 모든 것의 기본이니까. 시합을 위해서도, 러닝은 중요하니까.

21

"밥 먹고 가야지."
"아침 먹었으니까 괜찮아."
"다섯 시부터니까 아직 시간 많이 남았는데……."
"빈속이 편해. 갔다 올게."
"형!"
현관 앞에서 엄마와 이야기하고 있는데 동생이 달려 나왔다.
"시합하러 가?"
"응."
"나랑 같이 가."
"아직 아니야. 이따 다섯 시에 시작이야."
"그럼 지금은 어디 가?"
"준비해야지."

"그럼 나도 지금 갈래."

"지금은 안 돼. 들어가서 늘 보던 거 보고 있어. 그럼 금방 다섯 시 될 거야."

내 말에 동생은 살짝 인상을 찌푸리고 날 쳐다봤다.

"갔다 올게."

동생이 다른 말을 더 꺼내기 전에 얼른 현관문을 열고 집을 나왔다.

요즘 동생은 복싱에 엄청난 관심을 보이고 있다. 체육관에 꼬박꼬박 가서 운동을 할뿐만 아니라 매일 마이크 타이슨(미국의 전설적인 복싱 선수. 현재는 은퇴했다)의 복싱 영상을 볼 정도다. 그래서인지 어제부터 내 시합을 꼭 볼 거라면서 흥분해 있었는데, 아니나 다를까 아침부터 난리다. 덕분에 괜히 나까지 들뜨는 것 같다.

그러고 보니 아빠가 보이지 않는다. 분명 아침은 같이 먹었는데 말이다. 토요일에도 바쁠 땐 출근하곤 하니, 오늘도 그럴지 모른다.

체육관에서 관장님과 간단히 몸을 풀고 시합장까지 가기로 했다. 시합 날인만큼 무리해서 달릴 필요는 없을 것 같아 버스 정류장으로 가는데 휴대전화가 울렸다. 아빠다.

아빠와 얘기하지 않은 지 한참이 지났다. 그런데 갑자기 전화라니. 마음이 복잡해졌다. 잠시 고민하다 통화 버튼을 눌렀다.

"여보세요."

"아파트 단지 입구로 와."

전화는 그 말이 끝나자마자 바로 끊어졌다. 버스 정류장으로 가려면 어차피 지나야 할 길이다. 하지만 뭐 때문에 갑자기 부르는 건지 아빠와 단둘이 있게 되면 무슨 이야길 해야 하는지……. 오만가지 생각이 들어 나도 모르게 점점 발걸음이 느려졌다. 그런데도 아파트 단지의 커다란 입구는 가까워지기만 했다.

입구 근처의 커다란 구조물에 다다르자 길가에 서 있는 아빠의 차가 보였다. 모른 척 버스 정류장으로 가 버릴까 생각했지만, 결국 차로 다가갔다. 비상 깜빡이를 켠 차 앞에 서자 아빠가 창문을 내렸다.

"타. 체육관까지 태워다 줄게."

대답 대신 조수석에 탔다. 아빠는 작게 한숨을 쉬더니 천천히 차를 몰기 시작했다.

"준비는 잘했어?"

마치 아무 일도 없었던 것처럼 묻는다.

"응."

차 안이 다시 조용해졌다.

체육관에 점점 가까워지고 있는데도 아빠는 계속 말이 없다가, 체육관을 코앞에 둔 마지막 신호에서야 입을 열었다.

"다치지 않게 조심하고."

"응."

"아빠도 응원할 테니까."

"고마워."

"지난번엔……."

그때 신호가 바뀌었고, 아빠의 입은 다시 멈추고 말았다.

체육관 앞에 차를 세운 뒤 아빠가 날 보며 말했다.

"잘 갔다 와."

무슨 이야기가 이어질까 궁금해서 천천히 내렸다. 하지만 아빠는 그저 차 문을 닫으려는 날 향해 손을 흔들었다. 나도 어색하게 손을 흔들고 돌아섰다.

기분이 이상하다. 점점 멀어져 가는 아빠의 차가 보이지 않을 때까지 서 있었다. 그냥, 어쩐지 발이 떨어지지 않았다. 그러다 어디냐는 관장님의 연락에 서둘러 체육관으로 향했다.

"왔어? 잠은 잘 잤고? 컨디션은 어때?"

"괜찮아요."

"그럼 가볍게 스트레칭하고 시합장으로 갈까?"

"예."

관장님과 함께 몸을 풀었다. 컨디션이 좋다. 몸도 가볍고 불편한 곳도 없다. 좋은 느낌에 자신감이 생겼다.

준비가 다 됐다고 생각했는지 관장님이 가방을 둘러메고 소리쳤다.

"지환이 너도 빨리 와. 난 하준이 봐 줘야 해서 다른 데 신경 못 쓰니까, 우리 관원들 오면 같이 자리 잡고 안내도 해 줘."

"알겠습니다."

어제저녁, 관장님은 관원들을 모아 두고 오늘 체육관을 열지 않으니 시합장에 많이 오라고 했다. 우리 체육관에서 시합에 나가는 사람은 나뿐이다. 나는 다른 관원들과 교류가 많지 않지만, 영화배우가 메인이벤트에 나오니 많이 올지도 모른다. 게다가 다원 형을 위한 시합이니까……

관장님과 건물 뒤편의 주차장으로 나왔다. 승합차에 오르자 관장님은 곧바로 시동을 걸고 차를 움직이기 시작했다.

"긴장되냐?"

"아니요, 아직은 별생각 없어요."

"그래, 다원이랑 시합장 가 봤으니 분위기도 대충 알지? 긴장할 것 없어. 아마 시합장이 그때보단 조금 더 클 거고 사람도 많을 텐데, 신경 쓰지 마. 너는 훈련한 대로만 하면 돼."

그렇게 말한 관장님은 입이 마르는지 계속 입맛을 다시고 옆에 둔 물을 마셨다. 오히려 나보다 관장님이 더 긴장한 것 같다.

"일단 가면 충분히 몸 풀고, 시간 되면 링에 올라가서 하던 대로 하면 돼. 후…… 별거 없어. 연습은 실전처럼, 실전은 연습처럼. 그러니까 힘 빼고 가볍게 해."

"예."

계속같은 얘기만 하고 있다. 처음 보는 모습이다. 다원 형과 갈 때도 이랬던 걸까. 그러고 보니 형이 관장님과 같이 시합장에 가는 게 신경 쓰인다고 했었다. 이래서 그런 거였나.

"배고파? 뭐라도 간단하게 먹는 게 낫겠어?"

"아니요, 괜찮아요."

"그래, 너무 배고픈 게 아니면 억지로 먹는 것보단 빈속이 낫지. 어쨌든 늘 하던 대로 편안하게 힘 빼고 하면 돼. 가볍게."

시합장에 도착할 때까지 관장님은 긴장하지 말고 가볍게, 힘 빼고 하면 된다는 말을 반복했다. 어떤 이야기로 운을 때도 결론이 똑같았다.

목적지에 도착하니 시합 현수막이 입구에 걸려 있었다. 차에서 내려 주차장을 지나 시합장 건물 내부로 들어서는 순간, 비로소 오늘 링에 오른다는 게 실감 나기 시작했다.

시합장 한가운데에는 링이, 그 주변으로는 의자들이 쭉 놓여 있었다. 한쪽 구석에 세워진 천막 주위에 사람들이 모여 있었다. 저 멀리 누군가와 통화를 하는 황 관장님의 모습이 보였다.

"잠깐만 기다려 봐."

관장님은 천막 쪽으로 가더니 날 향해 손짓했다. 가까이 다가가자 종이를 내밀었다.

"이거 체크하고 이름 적어."

종이 속 빈칸에 체크 표시를 하고 이름을 썼다. 관장님은 아까

보다도 더 정신이 없어 보였다.

"저기 가서 좀 쉬고 있어."

관장님이 다른 사람들과 이야기하는 모습을 보다가 시합장 안을 돌아다니며 구경을 했다. 미리 온 선수가 벌써 몸을 푸는 건지 한쪽에서 줄넘기를 하는 사람도 있었고, 몇몇은 이리저리 바쁘게 뛰어다니기도 했다.

"하준아! 계체부터 하자."

시합장 구석에 조그맣게 마련된 공간에서 몸무게를 쟀다. 어젯밤, 기준에 거의 맞춰 둔 덕분에 전혀 문제가 없었다.

"아직 시간 많이 남았으니까 더 쉬어. 너무 멀리 가진 말고."

관장님이 차 키를 내밀며 말을 이었다.

"차에 가서 쉬어도 돼."

키를 들고 체육관 밖으로 나왔지만 굳이 차에서 쉴 필요는 없을 것 같아 근처에 놓인 벤치에 앉았다. 이제 진짜 시합까지 얼마 남지 않았다. 점점 긴장이 되었다.

한참을 그러고 있으니 관장님에게 전화가 왔다.

"어디야? 들어와."

시합장에 아까보다 몸을 푸는 사람들이 더 많이 보였다. 입구에서 관장님이 시계를 보며 말했다.

"이제 얼추 두어 시간 남았으니까 너도 몸 좀 풀어. 주변 좀 뛰고, 줄넘기도 하고. 긴장하면 호흡 올라오니까, 그럴 땐 무리하지 말고 심호흡 해 가면서 가라앉혀."

건물 주변을 천천히 달리기 시작했다. 자연스레 다원 형이 떠올랐다. 형도 이렇게 달리거나 줄넘기, 섀도복싱을 하며 몸을 풀었다. 문득 다원 형이 시합 준비를 할 때 내가 도움을 더 줄 수도 있지 않았을까 하는 생각이 들었다.

몸에서 땀이 나고 열이 조금 올라와 안으로 들어가서 한쪽 구석에서 줄넘기를 했다. 점점 호흡이 차오르기 시작했다.

더 숨이 차면 안 좋을 것 같아 다원 형이 했던 대로 줄넘기를 멈추고 가볍게 섀도복싱을 했다. 상대의 스타일은 모르지만, 그동안 스파링 했던 상대들을 떠올리며 주먹을 뻗었다.

곧 관장님이 다가와 나를 이끌고 조용한 구석에 앉혔다.

"별것 없어. 제일 중요한 건 안 다치는 거야."

그러곤 내 손에 핸드 랩을 감아 주었다.

"그러니까 시합 중에도 무리하지 마. 스파링 한다고 생각해. 이번이 첫 시합이지만, 너 충분히 잘해. 스스로를 믿어. 최근 몇 주간 거의 스파링 위주로 훈련할 수 있었던 것도, 그때 밀리지 않았던 것도 그 전에 혼자 기본기를 잘 다져 와서 가능했던 거야. 그동안 충분히 단단해졌으니까, 이제 실전만 남았어. 스파링 할 때 잡은 거리감 잘 생각하면서 두려워하지 말고 당당하게. 긴장하지 말고 가볍게. 알겠지?"

"예."

내가 답하자마자 관장님은 또 어디론가 가 버렸다. 멍하니 남겨진 채 시합장 안을 둘러봤다. 시합 시작까지 시간이 얼마 남지 않아서인지 관중으로 보이는 사람들이 하나둘씩 들어오고 있었다.

대단한 시합도 아니고 큰 대회도 아닌데, 영화배우가 나온다고 해서인지 생각보다 관람객이 많은 것 같다. 분명 다원 형이 출전한 시합 때는 체육관 사람들이나 가족들만 온 것 같았는데. 난 처음 보는 배우인데, 이렇게 인기가 많은 사람인가?

곧 첫 시합이 시작된다는 안내 방송이 나왔다. 천막 안으로 자리를 옮겨 파란색 경기복으로 갈아입었다. 관장님과 같이 온 아저씨가 내 핸드 랩을 살펴보더니 무언가 표시를 했고, 그러자 관장님이 글러브를 껴 줬다. 그 후 관장님의 지시에 따라 가볍게 미트 훈련을 했다.

그때, 바깥에서 선수를 소개하는 소리가 들렸다. 첫 시합을 할 선수들이 링으로 향하고, 공이 울리는 소리까지 들려오니 갑자기 엄청나게 긴장되기 시작했다. 이 경기가 끝나면 바로 링으로 올라가야 한다.

"야, 힘 빼. 긴장하지 마."

관장님의 눈에도 달라진 내 모습이 보였는지 관장님이 내 등을 찰싹 때렸다.

"아직 링 근처에도 안 갔는데 뭐 하는 거야?"

심호흡을 하며 긴장을 풀어 보려 했지만 영 잘되지 않았다. 게 다가 요의도 느껴졌다.

"관장님, 저 화장실 가고 싶은데요……."

"뭐?"

내 말에 관장님의 미간이 구겨졌다.

"가자. 바지만 내려 주면 되지?"

"아, 예."

급하게 화장실로 향했다. 관장님이 뒤에서 바지를 내려 주어서 변기 앞에 한참을 서 있었지만, 아무것도 나오지 않았다.

"저, 바지 좀……."

바지를 올려 주던 관장님이 또 내 등을 찰싹 때렸다.

"긴장했구만?"

애써 아닌 척 고개를 흔들었다. 긴장을 풀어 보려고 어깨를 빙빙 돌려 보기도 하고 가볍게 뜀뛰기도 했지만, 숨이 차기만 할 뿐 몸에 들어간 힘은 빠지지 않았다.

"형!"

귀를 찌르는 듯한 소리가 들려 고개를 돌렸다. 동생이 날 향해 손을 흔들고 있었다. 얼른 답해 준 뒤 천막으로 향했다.

동생이 와 있다. 누구랑 왔지? 혼자 있진 않을 텐데, 누구랑 왔는지도 못 봤다. 계속 초조하고 불안하다. 크게 심호흡을 해도 마음이 좀처럼 가라앉지 않는다. 또 화장실에 가고 싶어졌고, 그저 다 빨리 끝나면 좋겠다는 생각만 들었다.

관장님이 다시 미트를 들고 나를 쳐다봤다.

"가볍게 쳐 봐."

일어나서 미트를 향해 주먹을 날렸다.

"뭐 해? 힘 빼라니까. 가볍게!"

의식적으로 힘을 빼려고 해 봤지만 스텝을 밟는 것조차 어색하게 느껴졌다. 어서 링에 올라가고 싶다. 결과가 어떻게 되든 얼른 끝났으면 좋겠다. 빨리 끝내고 화장실에 가고 싶다.

"이제 나가야 해."

관장님은 내게 헤드기어를 씌워 주며 달래듯 말했다.

"스파링 할 때랑 똑같아. 많이 해 봤잖아?"

"예."

미트 훈련을 아주 잠깐 했는데도 숨이 차서 내 목소리가 떨리는 것처럼 느껴졌다. 관장님이 내 상태를 눈치챈 게 아닐까 신경이 쓰였다.

짝!

누군가가 내 등짝을 세게 쳐 깜짝 놀라 뒤를 돌아봤다.

"힘 좀 빼라니까."

인상을 잔뜩 찌푸린 관장님의 얼굴이 코앞에 있었다.

정신을 바짝 차리고 천막 밖으로 나갈 준비를 했다. 관장님에게 맞은 등이 얼얼하다.

"가자."

한숨을 크게 한 번 뱉고 천막 밖으로 걸어 나갔다. 화장실……
가고 싶다.

22

 정신없이 시키는 대로 하다 보니 어느새 눈앞에 링이 있었다. 마우스피스를 문 채로 입을 최대한 벌리고 크게 숨을 쉬었다. 이상하게 자꾸 숨이 가빠지는 것 같다.
 관장님을 따라 링 안으로 들어갔다. 삼 분씩 세 라운드만 뛰면 되니 금방 끝날 것이다.
 링 위에 서서 상대와 마주 섰다. 심판이 주의사항을 이야기하는 듯했지만 긴장한 탓에 제대로 들리지 않았다. 앞에 서 있는 상대는 나보다 조금 작고, 굉장히 단단해 보였다.
 코너에서 라운드 공이 울리길 기다렸다. 어서 시작했으면 좋겠다고 생각한 순간, 공이 울렸다.
 링 가운데로 천천히 움직였다. 상대 역시 가드를 바짝 올리고 다가왔다. 조금 먼 거리에서 가볍게 잽을 한 번 던졌더니 상대는 바로 백스텝을 밟으며 뒤로 물러났다.

어떤 스타일인지는 모르겠지만, 적극적이지 않은 걸 보니 내가 먼저 움직여야 할 것 같았다. 스텝을 밟으며 상대에게 가까이 붙었다. 그리고 잽을 뻗는 순간, 상대가 다시 거리를 벌렸다.

조금 더 깊이 들어가도 될 것 같아 뒷발에 힘을 주고 가까이 다가가 주먹을 뻗자, 상대의 얼굴이 순식간에 사라지며 복부에 묵직한 통증이 느껴졌다. 얼른 얼굴을 향해 훅을 휘둘렀지만 이미 상대가 사정거리 밖으로 나간 뒤였다.

복부를 맞은 탓인지 숨쉬기가 조금 힘들다. 다시 스텝을 뛰려 했지만 계속 빙빙 돌고 있는 상대를 쫓아 들어가기가 쉽지 않았다. 작게 숨을 한 번 뱉고 기회를 잡아 보려는데 상대의 주먹이 날아왔다. 가드로 간신히 막고 서둘러 반격했으나 상대는 또다시 멀리 물러나 있었다.

문득 다원 형과 처음 했던 스파링이 떠올랐다. 아무리 해도 쫓아갈 수 없고, 피하려고 해도 전혀 피하지 못했던 그날. 한 대라도 맞혀 보려고 갖은 애를 써도 도무지 닿지 않았던 그날.

그 후로 많이 늘었다고 생각했고, 관장님도 그렇게 말했는데 아무리 주먹을 휘둘러도 상대는 늘 내 거리 바깥에 있다.

"아, 씨바."

나도 모르게 욕이 입 밖으로 튀어나왔다. 그 정도로 답답했다. 어떻게든 유효타를 넣고 싶다. 하지만 자꾸 바깥으로 빙빙 돌다가 쓱 들어와서 치고 나가 버리니 어떻게 할 수가 없었다.

한 발씩 차근히 상대를 코너 쪽으로 몰아가려 했다. 하지만 상대는 코너에 닿기 전 가벼운 잽을 날리며 사이드 스텝으로 빠져나가기를 반복했다. 처음 보디 블로(권투에서 상대편의 배와 가슴 부분을 치는 일)를 맞은 이후로 대부분의 공격은 가드로 막아 냈지만, 연타로 들어오는 마지막 공격에 한 번씩 걸려 반격을 할 수가 없었다. 거기다 간간이 들어오는 보디 공격에 나도 모르게 움찔해 다음 동작이 느려지고, 쫓아가는 스텝도 한 박자 늦고 만다.

문제를 알고 있는데도 몸이 말을 듣지 않아 그저 멀어지는 상대를 향해 크게 주먹을 휘두르기만을 반복했다. 아무리 노력해도 속도를 따라잡을 수가 없었다.

삐—!

1라운드 종료 소리와 함께 코너로 돌아왔다. 숨이 너무 차서 마우스피스부터 뱉고 싶었다. 관장님이 내 턱을 붙잡아 입에 끼워진 마우스피스를 빼 주었다.

"하준아."

"예."

"늘 이랬어. 알지? 너, 스파링 때도 1라운드는 늘 이랬어. 지금 하던 대로 잘하고 있는 거야. 뭐가 잘 안 된다, 이게 아닌데, 이런 생각할 필요 없어."

그렇긴 하다. 1라운드는 내 맘대로 된 적이 별로 없었다.

"이제부터는 딱 하나만 생각해. 가볍게 스텝을 밟는 거야. 주먹은 자연스레 스텝에 맞춰 나오도록, 그냥 툭툭. 평소처럼. 네 주먹에 상대가 맞든 말든 신경 쓰지 말고 스텝에만 집중해. 섀도 할 때처럼 스텝에 맞춰서 뻗기만 하는 거야. 알겠지?"

"예."

"세컨드, 아웃!"

관장님이 링 밖으로 나가며 확신에 찬 목소리로 말했다.

"지금부터가 우리 시간이야."

마우스피스를 물고 일어섰다.

"형—!"

동생 목소리가 들려 고개를 돌렸다. 열심히 팔을 흔드는 동생이 보였다.

"파이팅—!"

동생은 얼굴이 빨갛게 달아오를 정도로 크게 외치고 있었다.

동생을 보고 있으니 다른 사람들도 하나둘씩 보이기 시작했다. 동생의 양옆에 엄마와 아빠가 앉아 있었고, 앞자리에는 희윤도 있었다. 관중도 생각보다 꽤 들어차 있었다. 시합장이 가득 찰 정도는 아니었지만, 다원 형의 시합 때보다 훨씬 많았다.

크게 심호흡을 하고 링 가운데에 섰다. 상대도 천천히 내 쪽으로 걸어 나왔다.

가볍게 글러브 터치(복싱 선수끼리 하는 인사)를 하고 스텝을 밟기 시작했다. 아웃 스텝 후에 뒷발부터 들어가며 스트레이트. 관장님 말대로 스텝에만 집중하면서 슬쩍 주먹을 뻗었다. 상대의 가드에 걸리긴 했지만, 곧바로 뒷걸음질하는 상대를 보니 스파링했을 때의 패턴들이 떠올랐다. 조금씩 내 거리가 잡히는 느낌.

다시 가볍게 제자리에서 뛰다 사이드 스텝을 밟은 뒤 뒷발에 힘을 주고 훅. 이번에도 가드 위에 얹혔지만 상대가 휘청하며 백스텝을 밟았다. 느낌이 좋다.

상대를 살피면서 연습했던 스텝들을 하나씩 밟았다. 콤비네이션을 쓰지 않고 단발성 펀치만을 날렸기 때문에 제대로 맞춘 건 얼마 없었지만, 그 때문인지 상대는 내 거리 바깥으로 빙빙 돌기만 할 뿐, 1라운드 때처럼 먼저 들어오지 않았다.

앞발, 뒷발. 계속 스텝에만 집중했다. 주먹을 뻗지 않아도 상대가 긴장하는 게 느껴졌고, 상대의 움직임이 점점 잘 보이기 시작했다. 주먹을 뻗으며 '이렇게 반응하겠지' 예상하면 상대는 정확히 내 예상대로 움직였다.

조금씩 재밌다는 생각이 들 때쯤 공이 울렸다. 아쉬웠다. 이대로 라운드가 이어지면 좋을 텐데.

"좋아. 잘하고 있어. 어디 불편한 데 있어?"

"아뇨."

"그래, 다음 라운드에는 콤비네이션을 더 섞어 보자. 원투에서 끝내지 말고 넷, 다섯까지 뻗고 빠져나오는 거야. 들어가기 전에는 스텝만 생각하고, 마지막엔 사이드로 빠지고. 상대는 들어올 때 패턴이 계속 똑같아. 페이크 잽 한 번 던진 뒤에 보디 아니면 스트레이트야. 알겠지?"

"예."

관장님이 링 밖으로 나가는 동안 다시 주변을 둘러보았다. 동생은 이제 아예 방방 뛰며 소리를 지르고 있었고, 엄마는 손으로 얼굴을 가리고 있었으며, 아빠는 꽉 쥔 주먹을 들어 올린 채 내 이름을 부르고 있었다. 고개를 돌리자 상대 쪽 세컨드가 심각한 표정으로 링을 빠져나가는 게 보였다.

가벼운 글러브 터치 후 마지막 라운드가 시작됐다. 한번 강하게 나가 보고 싶다는 생각이 들어 시작부터 뒷발 스텝으로 상대에게 가까이 다가갔다. 보디에 훅을 넣은 뒤 얼굴을 향해 주먹을 휘두르는 순간, 상대가 클린치(권투에서 상대의 공격을 피하기 위해 껴안는 일)로 붙어 왔다.

심판이 우리를 떼어 놓았다. 뒤로 한 발 물러났다가 바로 다시 붙은 다음 훅 연타를 휘둘렀다. 두 번째 훅이 제대로 상대의 얼굴에 얹혔다. 재빨리 한 번 더 휘두르려는데 상대가 다시 클린치로 몸을 바싹 붙여 왔다.

관장님 말대로 콤비네이션을 더 섞으려고 했지만, 한두 번 공격하면 상대가 어김없이 클린치를 해 끝까지 이을 수가 없었다. 비슷한 상황이 몇 번 반복되자 상대 쪽에 너무 가까이 붙지 않게 신경을 써야겠다는 생각이 들었다.

상대의 움직임을 보다가 앞발 스텝으로 살짝 들어가 스트레이트를 뻗은 뒤, 바로 백 스텝을 밟았다. 예상대로 상대는 오히려 내 쪽으로 들어왔고, 난 그대로 뒷발에 힘을 주고 훅과 보디 연계 공격을 했다. 상대는 그러거나 말거나 붙으면 된다는 듯이 더 적극적으로 다가왔다.

상대의 전략은 클린치인 듯했다. 먼 거리에서 의미 없는 잽을 툭툭 날리다가 내가 들어가려 하면 바로 클린치를 시도한다. 반대로 내가 거리를 유지하면 움직이지 않고 계속 바깥에서 닿지 않는 잽만 날린다. 그래서 거리를 유지하는 데에만 집중하기로 했다.

가볍게 스텝을 뛰며 내 거리로 들어가 빠르게 주먹을 날리고, 뒤로 빠지면서 하나 더 날렸다. 상대는 잔 펀치는 맞아도 괜찮다는 듯이 계속 클린치 작전을 고수했다.

이쯤에서 또 강하게 해 봐도 괜찮지 않을까?

먼 거리에서 일부러 크게 훅을 휘둘렀다. 움찔하는 상대를 보고 빠르게 뒷발 스텝으로 붙어 상대의 잽을 흘린 뒤, 다시 세게 훅을 휘둘렀다. 고개를 숙인 상대의 이마에 주먹이 들어갔다. 내 쪽으로 붙으려는 상대를 피해 뒤로 빠지려는 순간, 시합 종료 공이 울렸다.

아직 한참 더 할 수 있는데, 다섯 라운드 정도는 충분히 할 수 있을 것 같은데 끝나 버렸다. 조금만 더 하면 저 클린치 작전을 뚫을 수 있을 것 같은데……

"잘했어. 잘했어. 진짜 잘했어. 오늘 진짜 최고다. 하준이 너, 진짜 최고야. 너무 잘했어. 야, 진짜 최고다!"

관장님이 상기된 얼굴로 내 헤드기어를 벗기며 외쳤다.

"우아아—! 형!"

엄마는 여전히 얼굴을 가린 채였고, 아빠와 동생은 같이 소리를 지르며 손을 흔들었다.

"너무너무 잘했어!"

관장님은 글러브를 벗기면서도 계속 칭찬을 퍼부었지만, 정작 나는 아쉽기만 했다. 조금만 더 하면 더 잘할 수 있는데. 내 거리를 완전히 잡을 수 있을 것 같은데.

판정을 위해 링 가운데로 갔다. 1라운드는 완전히 내어 준 것 같지만, 2라운드와 3라운드는 내가 훨씬 잘하지 않았을까.

"레드 승!"

분명 승이라는 말이 들렸는데, 내 팔이 올라가지 않았다.

"……어?"

나도 모르게 심판을 쳐다봤다. 상대가 내게 악수를 청해 와 악수를 하고도 링 위에 가만히 서 있었다.

"괜찮아. 잘했어. 진짜 잘했어."

멍한 와중에 관장님의 목소리가 들렸다. 멀리 아빠와 동생이 손가락질하며 소리치는 모습이 보였다. 기도하듯 두 손을 모으고 있다가 힘없이 내리는 희윤도 보였다. 모든 사람이 박수를 치고 있었고, 상대는 두 손을 들고 자신의 코너 쪽으로 가며 기뻐했다. 그 광경을 뒤로한 채 관장님의 손에 이끌려 링을 내려왔다.

무사히 끝나서 다행이라는 생각이 머릿속을 흐르다가 점차 아쉬움으로 변해 갔다. 다시 하면 처음부터 제대로 할 수 있는데. 이렇게 질 시합이 아니었는데. 내가 이길 수 있는 시합이었는데.

천막으로 돌아와 의자에 앉은 후에도 자꾸 조금 전 시합 생각만 났다.

"불편한 데 있어? 조금이라도 아프면 얘기해."

여기저기가 얼얼하기는 했지만 특별히 아프거나 문제가 있는 부분은 없었다.

"괜찮아요."

"그래, 좀 쉬었다가 옷 갈아입고 가족들하고 인사하고 와."

"……예."

아무도 보고 싶지 않다. 몸에는 힘이 하나도 없다. 그런데도 딱 한 번만 더 시합을 하고 싶다. 1라운드에 왜 그랬을까. 분하다.

"고생하셨습니다."

나와 경기했던 상대와 세컨드가 다가와 인사를 건넸다. 관장님과 함께 일어서서 인사를 했다. 상대는 기분 좋게 웃고 있었다.

"다치신 곳 없죠?"

"예, 괜찮아요."

"정말 잘하시네요. 고등학생이라고 해서 이 정도 실력일 줄 몰랐는데. 마지막엔 진짜 간신히 버텼어요."

"감사합니다."

웃으면서 말하는 상대의 얘기를 듣고 있으니 1라운드가 더 아쉬워졌다. 한편으로는 상대가 보기에도 내가 나쁘지 않았구나, 하는 생각도 들었다.

옷을 갈아입고 관장님을 따라 시합장 출입구 쪽으로 갔다. 문 앞에는 가족들과 희윤이 있었고, 희윤이 데려왔는지 우리 반 애들도 몇몇 보였다. 저 애들이 올 거라곤 생각도 못 했는데. 기분이 묘했다.

"하준아!"

엄마가 나를 꽉 끌어안았다.

"안 다쳤어? 괜찮아?"

"괜찮아."

그런 엄마와 날 보며 아빠가 웃고 있었다.

"형, 형! 진짜 멋있었어, 형. 이렇게 치는 거 봤어!"

동생은 호들갑을 떨며 허공에 주먹을 날렸다. 괜히 반 애들이 의식돼 고개를 돌리니 희윤이 그 모습을 보고 웃었다.

"멋있었어."

희윤이 날 향해 미소 지으며 말했다.

"고마워."

뒤에 서 있던 애들도 기다렸다는 듯 잘 봤다, 잘했다며 말을 건넸다. 분명 졌는데 다들 좋은 말만 해 주니 또 기분이 이상해졌다. 하지만 한편으로는 이 정도면 만족해도 될 것 같았다.

"계속 있어야 하니?"

"아니요, 끝까지 보지 않으셔도 됩니다."

아빠의 질문에 관장님이 먼저 대답했다.

"그럼 얼른 짐 챙겨 와. 맛있는 거 먹으러 가자. 뭐 먹고 싶어?"

아빠가 평소와 다르게 약간 흥분된 목소리로 말했다.

"아빠, 아빠!"

동생이 끼어들었지만, 아빠는 동생의 손을 붙들고 말을 이었다.

"오늘은 형이 먹고 싶은 거 먹자. 형 하는 거 봤지?"

"응, 이렇게, 이렇게!"

동생은 고개를 끄덕이더니 또다시 주먹을 붕붕 휘둘렀다.

"자, 친구들도 같이 가자. 다 같이 맛있는 거 먹으러 가자!"

아빠가 더 흥분한 것 같다. 처음 보는 모습이다.

"가서 가방 챙겨 와. 엄마랑 같이 갈까?"

"아니야, 혼자 다녀올게."

이게 무슨 기분인지는 모르겠지만, 어쩐지 나쁘지 않다. 손이 살짝 떨렸다. 긴장이 풀린 탓인지 조금 졸린 것도 같다. 어쨌든, 시합이 끝났다.

23

"다녀올게."

"샌드위치 챙겼어?"

"응, 센터 가는 거 오늘이지? 체육관에는 내가 말할게."

내 말에 고개를 끄덕인 엄마는 현관까지 따라 나오며 손을 흔들었다.

"잘 갔다 와."

"응, 갔다 올게."

"날 더운데 물 많이 마셔!"

수건으로 머리를 털며 욕실에서 나오던 아빠가 소리쳤다.

"알겠어."

날씨가 점점 더워지고 있지만, 아직 새벽 공기는 선선하다. 아파트 출입구 앞에서 간단히 스트레칭을 한 뒤 달리기 시작했다.

시합이 끝난 후에도 나는 매일 새벽 체육관에서 운동을 하고 학교에 간다.

체육관에 도착하니 관장님이 샌드백 앞에서 혼자 중얼거리고 있었다.

"안녕하십니까."

"어, 이리 와 봐. 이거 좀 아프지 않아?"

관장님이 샌드백을 툭툭 치며 물었다. 어제 새벽까지만 해도 없었던, 처음 보는 샌드백이었다.

"새로 설치하신 거예요?"

"응, 황 관장 통해서 받았는데, 너무 딱딱한 것 같아서 말이야."

나도 샌드백을 가볍게 쳐 봤다. 확실히 예전에 쓰던 것보다 단단했다.

"조금 그렇긴 하네요."

"에이, 다시 바꿔야겠네. 다치겠어."

관장님은 혀를 차곤 돌아서며 말을 이었다.

"준비하고 나와."

가방을 사물함에 넣고 글러브를 챙겨 든 뒤 나왔다. 그러곤 여느 때처럼 줄넘기를 시작했다. 요즘은 기본 운동만 하고 있다. 스파링도 거의 하지 않고, 미트 훈련만 일주일에 두 번 정도 한다.

훈련 루틴을 다 끝내자 관장님이 달력을 보며 질문했다.

"너, 여름에 구 대회 나가고 싶다고 했지? 진짜 나갈 거야?"

"예."

며칠 전 관장님은 내게 여름에 구 대회가 열린다고 알려 줬고, 난 곧바로 나가겠다고 했다. 지난번 시합의 아쉬움이 아직 남아 있기도 하고, 정식 대회에도 나가 보고 싶어졌다.

부모님, 특히 아빠는 더 이상 복싱을 하지 말라고 하지 않는다. 아니, 아예 뭘 해라, 마라 자체를 입에 올리지 않는다. 대신 학교 생활이나 운동, 학원 수업이 어떤지 가끔 묻는다. 대부분 단답으로 끝나는 짧은 대화이긴 하지만, 어쨌든 그렇게 아빠와 다시 이야기를 하게 됐다. 그래서인지 답답한 기분이 많이 줄었다. 여전히 사이가 아주 좋은 건 아니지만.

내 대답을 들은 관장님이 고개를 끄덕거렸다.

"아직 시간이 꽤 남아서 어떻게 될진 모르겠지만, 이번에도 작년이랑 비슷할 거 같아. 고등부에 네 체급은 많아야 네 명 정도일 것 같은데, 일단은 좀 더 지켜보자. 너 학교 시험 일정도 봐야 하고."

"알겠습니다."

"그래, 수고했어. 내일 보자."

"참, 관장님, 현준이는 오늘 못 올 것 같아요."

"왜?"

"오후에 검사가 있어서요."

"무슨, 아……."

관장님은 뒤늦게 이해했다는 듯 고개를 끄덕였다.

시합이 끝나고 얼마 지나지 않아 아빠는 엄마에게 동생을 병원에 데려가 보자고 이야기를 꺼냈다. 난 방에서 엄마와 아빠의 대화를 들은 것뿐이니, 그렇게 싫다며 화를 내던 아빠가 왜 갑자기 마음을 바꿨는지는 모른다.

부모님은 그 주제로 한참을 얘기하더니 며칠 후엔 동생을 설득하기 시작했다. 동생은 자기가 무슨 검사를 받는 건지 정확히 모르는 것 같았지만, 체육관을 계속 다니게 해 준다는 말에 쉽게 응했다.

결과가 어떨지는 모르겠다. 하지만 어떻게 나와도 괜찮을 것 같다. 동생에게 아무 문제가 없다고 하면 없으니 좋은 거고, 있다면 그에 맞는 치료를 하면 될 테니까.

버스를 타고 학교로 향했다. 아무도 없는 빈 교실에 들어와 자리에 앉으니 마음이 편하다.

태블릿을 꺼내 학원 숙제를 풀어 나갔다. 시합이 끝나고 잠깐은 마음이 싱숭생숭해서 집중을 잘 못했지만, 운동을 하면서 어느 정도 정리가 됐다. 희윤이 많이 도와준 덕분에 뒤쳐진 수업을 쫓아가는 것도 어렵지 않았다.

문제를 거의 다 풀었을 때쯤 아이들이 하나둘씩 교실로 들어왔고, 곧 자리가 가득 찼다.

그 후로도 평소와 같은 하루가 흘러갔다. 점심시간에는 희윤과 반 아이들 몇몇이 최근 인기 있는 아이돌 이야기를 나눴고, 난 옆에서 가만히 듣고 있었다. 아직도 아이돌은 누가 누군지 잘 모르겠지만, 그래도 열심히 귀를 기울였다.

내 시합을 보러 왔던 몇몇 애들 덕분에 내게 말을 거는 아이들이 많아졌다. 시합 때의 사진을 SNS에 올리고 나서는 꽤 긴 대화를 하는 경우도 생겼다. 조금 귀찮긴 하지만, 크게 불쾌하진 않다.

수업이 다 끝난 뒤 희윤과 병원으로 향했다. 시합이 끝나면 바로 다원 형을 찾아가고 싶었지만 왠지 발길이 떨어지지 않았다. 희윤에게 이 이야기를 했더니 같이 가자며 먼저 손을 내밀어 줘서, 오늘 학원 한 타임을 빠지고 병원에 가기로 약속한 것이다.

요즘은 희윤에게 동생 이야기를 부쩍 많이 하고 있다. 시합 날 희윤이 동생을 보고 귀엽다며 관심을 보였기 때문이기도 하고, 여러모로 동생에게도 좋은 변화가 생겼기 때문이기도 하다.

오늘 동생이 검사를 받을 거다, 어제 오후에 동생이 코치님과 미트 훈련을 하다가 멈추려 하지를 않아서 코치님이 그만하자며 빌었다 등등 별것 아닌 이야기를 하며 병원에 도착했다.

약속 장소인 지하 편의점 앞에 도착하자 전화가 울렸다.

"여보세요."

"하준아, 잠깐 주차장으로 올래?"

짐이라도 있나? 희윤과 함께 주차장에 세워진 반가운 경차를 향해 다가가니, 운전석에서 내린 누나가 환하게 웃으며 손을 흔들었다. 그러곤 조그만 꽃다발을 내게 건넸다.

"시합 잘 봤어."

"어? 보셨어요?"

"당연하지. 그날 황 관장님이랑 계속 이야기하느라 인사는 못 했지만. 너무 잘하더라. 내가 다원이 시합도 많이 봤잖아. 그래서 보는 눈은 좀 있거든."

누나는 웃으며 엄지를 척 내밀었다.

"감사합니다."

"잘한다는 얘기만 들었지, 그 정도로 잘할 줄은 몰랐네. 다원이도 봤으면 깜짝 놀랐을 거야."

누나의 말에 어색하게 웃었다. 기분이 좋은 한편, 괜히 어색해져 얼른 병원 건물을 가리켰다.

"가죠."

"꽃은 차에 두고 가자. 병원에 가지고 들어가면 안 되거든."

꽃다발을 다시 차에 넣어 두고 앞장서서 걸어가는 누나를 따라갔다. 누나와 중간중간 시합 얘기를 하면서 수속을 마치고 다원 형의 병실로 들어섰다. 형은 전과 같이 침대에 누워 있었다.

"하준이 왔어."

그렇게 말한 누나가 침대 옆자리를 가리켰다.

다원 형 옆에 섰다. 시합에서 이겨서 메달이든 상장이든 들고 오고 싶었는데, 졌다는 이야기를 하기가 조금 망설여졌다. 어쩌면 그것 때문에 바로 형을 찾아오지 못한 건지도 모르겠다.

"시합 잘 하고 왔어요. 음……."

막상 말을 하려니 입 밖으로 잘 나오지 않았다. 그래도 하고 싶은 얘기를 하나씩 끄집어내 보기로 했다. 비록 다원 형이 아주 건강한 상태는 아니지만, 형과 나의 거리가 조금이나마 더 가까워졌으면 좋겠으니까.

"졌어요. 충분히 해 볼 만했는데, 1라운드 때 너무 밀려서 그랬나 봐요. 관장님은 긴장해서 그런 거라고 하시더라고요. 참, 형이 그날 관장님이랑 같이 시합장 가면 신경 쓰인다고 했었잖아요. 이제 그게 무슨 뜻인지 알아요. 저보다 관장님이 더 긴장해서 가는 내내 계속 같은 말만 하시더라고요."

한 번 말문이 트이자 말이 줄줄 나왔다. 어쩐지 형이 웃는 얼굴로 고개를 끄덕거리며 내 얘기를 들어주는 것 같은 기분이 든다.

"아직 확정된 건 아니지만, 여름에 구 대회에 나갈 생각이에요. 그러니까 얼른 일어나요. 같이 훈련하고, 시합도 같이 나가요."

왠지 병실이 밝아진 듯했다. 그리고, 당장이라도 형이 일어날 것만 같다.

"구 대회는 일반부도 있으니까 저랑 같이 우승하고 와요. 이번엔 형이랑 시합 준비 해 보고 싶어요. 스파링도 하고, 러닝도 같이 뛰고."

그래!

환하게 웃으며 대답하는 형의 목소리가 들린 것 같다. 누가 조명을 켠 것도 아닌데 주위가 더 환해졌다.
　고개를 돌려 누나와 희윤을 보았다. 누나도, 희윤도 나와 눈이 마주치자 살짝 웃었다.
　다시 다원 형의 얼굴을 바라봤다. 나도 모르게 입가에 미소가 지어졌다.

작가의 말

 작가의 말을 쓰는 게 참 어렵다. 하고 싶었던 이야기를 소설로 다 풀어내고 난 후라 더 쓸 만한 게 남아 있지 않기도 하고, 전혀 다른 이야기를 하기도 그렇다.
 물론 소설에 다 담아내지 못한 인물이나 설정에 대해 한참 떠들 수도 있다. 하지만 독자들이 이 소설을 읽으며 했던 상상이나 읽고 난 후 느낀 감정, 인물들에 대한 인상을 해칠까 염려되어 섣불리 말을 덧붙이기가 조심스럽다.
 그럼에도 작가의 이야기를 듣고 싶어 하는 독자 역시 있을 테니, 아무 말 하지 않는 것 역시 정답은 아닐 것 같다. 결국 작품과 작가, 독자 사이의 거리를 어떻게 잡아야 할지를 항상 고민하게 된다.
 다원은 링 위에서도, 링 밖에서도 상대와의 거리를 잘 잡았지만, 난 여전히 독자들과의 거리 조절이 어렵다. 한 가지 다행인 것은 독자들에게 갑자기 확 다가가거나 독자들을 두고 엉뚱한 곳으로 튀어 나가지 않는다면, 독자들에게 있어 작가와 독자의 거리는 그다지 큰 요소로 작용하진 않을 것 같다는 점이다.

나와 독자들 간의 거리와 상관없이, 내가 쓴 이야기가 독자와 가까운 사이가 되었으면 한다. 다원과 하준뿐만 아니라 이 소설에 나오는 모든 친구의 목소리가 독자와의 거리를 깨고 들어가, 독자들 곁에서 즐거움, 슬픔, 분노, 감동 등 다양한 의미가 되기를.

2025년 4월
서동찬

ⓒ 서동찬, 2025

초판 1쇄 발행일 | 2025년 4월 23일
초판 2쇄 발행일 | 2025년 10월 10일

지은이 | 서동찬
펴낸이 | 정은영
편 집 | 전유진 임종현
디자인 | 강우정
마케팅 | 최금순 이언영 연병선
저작권 | 신은혜
제 작 | 홍동근

펴낸곳 | (주)자음과모음
출판등록 | 2001년 11월 28일 제2001-000259호
주 소 | 10881 경기도 파주시 회동길 325-20
전 화 | 편집부 (02)324-2347, 경영지원부 (02)325-6047
팩 스 | 편집부 (02)324-2348, 경영지원부 (02)2648-1311
이메일 | jamoteen@jamobook.com

ISBN 978-89-544-5263-2 (43810)

잘못된 책은 구입한 곳에서 교환해 드립니다.
이 책의 판권은 지은이와 (주)자음과모음에 있습니다.
책 내용의 전부 또는 일부를 사용하려면 반드시 양측의 동의를 받아야 합니다.